丸い亀頭が埋まり、質量のある肉杭が少しずつ押し入ってくる。
隘路を拡げながら奥に進む剛直は指とは比べ物にならないほどの
太さがあり、フランセットは切れ切れに喘いだ。
やがて昂ぶりが根元まで埋まって、彼が熱い息を吐く。
そして圧迫感に喘ぐフランセットの後頭部を引き寄せ、唇を塞いできた。
「ぅっ……んっ、……ふ……っ」

薄幸の暗殺令嬢は完璧公爵に夜ごと淫らに溺愛される

西條六花

Vanilla文庫

Contentes

薄幸の暗殺令嬢は完璧公爵に夜ごと淫らに溺愛される

イラスト／岩崎陽子

【プロローグ】

バラデュール公爵領のリヴィエは温暖な気候で、南部にあるラロク村は葡萄《ぶどう》の産地で知られる。

そこで生産されるワインは酸味と甘みのバランスがよく、特に豊潤な香りが国内でも評価が高いという。七月の中旬、フランセットは夫のクロードと共にワインの品評会に招待されていた。

品評会にはラロク村だけではなく近隣で生産されたワインが何種類も出品され、最終的には領主であるクロードがもっとも優れた一本を決める。フランセットは領民からワイン造りの工程について説明され、その内容を興味深く聞いた。

去年の前半は雨が多かったものの、夏場は乾燥して日照に恵まれ、葡萄の成熟に好条件だったらしい。そのため、一年熟成させたワインの味はどれも素晴らしく、品評会が終わる頃にはすっかり酩酊《めいてい》してしまっていた。

今夜はここで一泊し、明日の午前中にリヴィエに戻る予定だ。酒気を帯びたため息をつくフランセットを見下ろし、クロードが問いかけてきた。

「顔が赤いな。だいぶ酔ったか？」

「は、はい。たくさん勧められてしまって……お見苦しくて、申し訳ありません」

「謝ることはない。皆、私の妻となった君に会えて喜んでいたよ。誰もが『美しい奥方さまですね』と褒めていた」

「そんな……」

手放しの歓迎には、まだ慣れない。

二ヵ月余り前にクロードの元に輿入れするまで、フランセットは帝都レナルにあるカスタニエ公爵家の令嬢として暮らしていたものの、そこでの生活はいつも肩身が狭いものだった。

それはフランセットの母親が屋敷の召し使いで、父の正妻であるミレーヌに憎まれているからだったが、幼少期から擦り込まれた劣等感はなかなか消えない。

（でも……）

クロードと結婚してからというもの、彼と共に社交の場に出る機会が増えたが、フランセットはどこに行っても歓迎された。誰もが領主であるクロードが結婚したことを喜んでいるが、それは彼の人望のせいに違いない。

フランセットから見たクロードは、とても穏やかな男性だ。背が高く端整な顔立ちの持ち主で、意志の強さを感じさせる目元や高い鼻梁《びりょう》、薄い唇が男の色香を醸し出している。貴族らしい優雅な雰囲気を漂わせているものの、実際は有事に備えて日々の鍛錬を怠《おこた》らず、鍛え抜かれた身体《からだ》つきをしているのがとても意外だ。

加えて彼はこのブロンデル帝国皇帝の甥《おい》に当たり、バラデュール公爵の称号を持っている。そんな人物が自分の夫となったことが、フランセットはまだ信じられない。しかもクロードとは数日前、結婚後二ヵ月目にして初めて枕を交わし、名実共に夫婦になったばかりだ。

（わたし、気がつけばこの方の姿に見惚《みと》れてる。今日だってワインの品評会のあいだ、きれいな横顔や大きな手にばかり目がいって……）

式典の後に開催されたパーティーが終了し、フランセットは私室として与えられた部屋で湯浴《ゆあ》みをした。

そしてクロードの部屋に向かったものの、ドアの前でふと躊躇《ためら》いがこみ上げる。当たり前のように彼の部屋までやって来てしまったが、ここはバラデュール家の屋敷ではない。村長の屋敷に滞在させてもらっており、フランセットもクロードもそれぞれ別の部屋を与えられている。

（どうしよう、今夜は別々に寝るべきなのかしら。クロードさまは、わたしが来ることを想

定していないかも）

そんなふうに考えて立ちすくんでいると、ふいに目の前のドアが開く。

そこにはクロードがいて、フランセットを見下ろして言った。

「どうして部屋に入ってこないんだ？　ノックをしてくれればいいのに」

「も、申し訳ありません。もしかしたらクロードさまはお疲れで、一人でお休みになりたいのかもしれないと思いまして」

彼はシャツとスラックスというくつろいだ恰好《かっこう》で、微笑《ほほえ》んで答えた。

「フランセットは私の妻なのだから、部屋に入るのに遠慮することはない。ほら、おいで」

「あ……っ」

腕をつかんで部屋の中に引き込まれ、そのまま抱きしめられる。

シャツ越しにクロードの硬い身体を感じたフランセットは、じんわりと頬を染めた。彼はこちらの髪に顔を埋《うず》めて言った。

「やっと君を抱きしめることができた。今日は淡いクリーム色のドレスが、君のこの蜂蜜色《はちみついろ》の髪や澄んだ緑色の瞳によく似合っていて、品評会の客たちが注目していたから、夫としては誇らしいのと同時に気が気でなかったよ」

「そんな……」

こうしてクロードに愛情表現されると、喜びよりも先に戸惑いがこみ上げる。

輿入れしてきてから二ヵ月、彼はフランセットの身体に触れても最後までしようとはしなかった。それは見知らぬ男の元に嫁いできたこちらへの配慮だったようだが、数日前に初めて枕を交わしてからというもの、クロードはまるで別人のように愛をささやいてくる。

彼にそうされるたび、フランセットはどんな反応をしていいかわからなくなっていた。

（わたし……）

「ん……っ」

クロードに頤《おとがい》を上げられ、ふいに口づけられる。

彼の舌が口腔《こうくう》に忍び込み、緩やかに舐《な》められて体温が上がった。次第に深くなる口づけを受け止めるだけで精一杯のフランセットの身体を、クロードが軽々と抱き上げてくる。

ベッドまで運ばれ、覆い被《かぶ》さってきた彼により深く口づけられながらフランセットはうっすら目を開けた。すると彼の端整な顔が目の前にあり、胸の奥がきゅうっとする。

クロードはフランセットより十歳年上の二十八歳で、一年前にバラデュール公爵の名を継いだばかりだ。体調不良を理由に爵位を息子に譲った義父のエドモンは帝都レナルで静養しており、クロードは若き公爵として議会に出席したり所領を治めたり、社交に出掛けたりと忙しい。

彼はサラリとした漆黒の髪と青い瞳を持ち、高い鼻梁や薄い唇、シャープな輪郭が鋭利な印象だが、切れ長の目尻にほんのり甘さをにじませている。その整った容貌は社交の場で女性たちの注目を集めており、皇家に連なる高貴な血統も相まって縁談は引きも切らなかったと聞いていた。

そんなクロードが、今は自分だけを見ている。それが信じられず、どこか気後れもして、フランセットは枕を交わした今もどういう態度を取るべきかわからずにいた。

「ぁ……っ」

彼の大きな手が夜着越しに胸のふくらみに触れ、やんわりと揉《も》まれる。

爪の先で頂《いただき》を引っ掻《か》かれた途端、ビクッと身体が震え、そこが硬くなっていくのがわかった。芯を持った先端を指で摘まれると息が乱れて、フランセットはやるせなく足先で敷布を掻く。

レースをふんだんに使った優美な夜着は生地が薄く、胸元のリボンを引かれると前がたやすくはだけてしまった。クロードがあらわになったふくらみをつかみ、先端を舐め上げてきて、フランセットは小さく呻《うめ》く。

「んん……っ」

温かく濡れた舌が先端の形をなぞり、ときおり吸い上げる。するとじんとした愉悦が皮膚の下から湧き起こり、頂が硬くしこり始めて、ひどく落ち着かない気持ちになった。こうして彼と抱き合うのは三回目で、まだ行為に慣れたとは言い難い。

はしたない声を出すのが恥ずかしくてフランセットが唇を嚙《か》むと、クロードが胸を舐めるのをやめないまま言った。

「そんなに嚙んだら、唇が傷ついてしまうだろう」

「あ、でも……っ」

その瞬間、太ももを撫《な》でた彼の手が下着に触れ、布越しに割れ目をなぞる。

そこは胸への愛撫《あいぶ》でじんわりと湿り始めていて、フランセットの頰がかあっと赤らんだ。花弁の上部にある敏感な尖《とが》りを指がかすめるたび、太ももにビクッと力が入る。しかし脚の間にはクロードの身体が入り込んでいて、閉じることは叶《かな》わなかった。

「はぁっ……あ……っ……」

閨事《ねやごと》の経験が浅いせいか、彼を受け入れると思うと緊張してしまう。触れ合う肌からそれが伝わるのか、クロードは毎回フランセットの身体を丁寧に慣らし、極力苦痛を与えないよう気を使ってくれていた。

だがその方法が舌で舐めるというのは、あまりにも刺激が強すぎる。下着を取り去ったあとの太ももに触れる彼の髪、秘所を這《は》い回る熱い舌の感触に乱されながら、フランセットは声を上げた。

「……あっ、クロードさま……っ」

本当はやめてほしくてたまらないが、「必要なことだ」と言われると逆らえない。

濡れた舌は柔らかく弾力があり、花弁をくまなく舐め回されるとゾクゾクした。敏感な花芽を舌先でつついたり、押し潰される動きには快感があるものの、我を忘れてしまいそうな怖さがあって無意識に腰が逃げを打つ。

するとクロードがフランセットの太ももを押さえ込みつつ、花弁にじっくりと舌を這わせて言った。

「――逃げないでくれ」

「はぁ……っ」

舌の表面のザラリとした部分を擦りつけながら尖りを押し潰されると、頭が真っ白になるほどの愉悦がこみ上げ、フランセットは高い声を上げる。

気がつけば蜜口がしとどに潤み、蜜を零《こぼ》していた。じゅっと音を立てながら吸いついて舐め取られ、フランセットは身も世もなく喘《あえ》がされる。

やがて彼の指を体内に挿《い》れられ、異物感に強く眉根を寄せた。柔襞《やわひだ》を掻き分けて進む指はゴツゴツとして硬く、思わずきつく締めつけてしまう。ゆっくり抽送されると愛液の分泌が増え、声を我慢するのが難しくなった。

「うっ……んっ、あ……っ」

「フランセットの反応は、腰にくるな。そんな甘い声で喘がれたら、すぐに挿れたくてたまらなくなる……」

「んん……っ」

指で体内を穿《うが》ちつつ口づけられ、フランセットはクロードの舌を受け入れながら喉奥で小さく呻く。

初めてのときは痛みがあったが、三度目である今はまったくない。それどころか回を増すごとに快感をおぼえる瞬間が多くなっていて、そんな自分が恥ずかしくなった。

触れられるたびに淫《みだ》らな反応をするのを見て、彼は自分に呆《あき》れたりはしないだろうか。そう考えつつうっすらと目を開けると、間近でクロードと目が合い、ドキリとした。

（あ、……）

いつも穏やかな彼だが、今は欲情を押し殺した目をしている。それはクロードに求められているという事実を如実《にょじつ》に感じさせ、フランセットは身体の奥にじんと熱を灯《とも》された気がした。

彼を受け入れたことがある最奥が疼《うず》き、愛液で潤む。中に挿れた指でそれを感じ取ったクロードが、ぐっと顔を歪《ゆが》めてつぶやいた。

「限界だ。――挿れるよ」

「あ……っ」

指を引き抜かれ、上体を起こした彼の昂《たか》ぶりが蜜口に押し当てられる。

丸い先端は先走りの液をにじませていて、フランセットの愛液もあってぬるぬると滑った。

亀頭のくびれが何度か蜜口に引っかかり、そこが物欲しげにヒクリと蠢《うごめ》く。

焦《じ》らされる感覚にフランセットが喘ぐと、やがて入り口にぐっと圧がかかり、剛直が中に押し入ってきた。

「んん……っ」

張り詰めた屹立《きつりつ》は硬く太く、埋め込まれるその質量に思わず声が出る。

灼熱《しゃくねつ》の棒のようなそれを受け入れるのにはまだ怖さがあり、フランセットはクロードの腕をきつくつかんだ。何度か腰を揺らしながらすべてを埋められる頃にはすっかり身体が汗ばんでいて、浅い呼吸をしながら彼を見上げる。

するとクロードが身を屈め、こちらの額に口づけてささやいた。

「動くよ」

ズルリと楔《くさび》を引き出され、再び根元まで埋められて「んっ」と声が出る。

その動きを繰り返されるうち、愛液がにじみ出して彼の動きが容易になった。密着する襞から剛直の硬さやずっしりとした質量が伝わり、内臓を押し上げる圧迫感に浅い呼吸しかできない。

フランセットの身体を突き上げながら、クロードが問いかけてくる。

「痛くないか？」

「……っ、はい……っ」

「じゃあ、もう少し奥まで挿れるよ」

全部挿入《はい》ったと思っていたのに、まだ先があったのか。

そう思った瞬間、腰を密着させられ、切っ先がぐうっと最奥を押し上げてきて、フランセットは背をそらせる。

「んぁ……っ！」

「……っ、すごいな。君の中は狭いのに、私を全部受け入れている。ほら、一番奥に届いているのがわかるだろう」

「はぁっ……あっ、……ぁ……っ！」

何度も腰を打ちつけられ、そのたびに眼裏《まなうら》に火花が散って、フランセットは彼の腕をつかむ手に力を込めた。

絶え間ない律動に理性を保つのが難しく、ただ声を上げることしかできない。亀頭で子宮口を抉《えぐ》られると怖いくらいの感覚が湧き起こり、昂ぶりを受け入れた隘路《あいろ》がビクビクと震えた。それが心地いいのか、クロードは何度も同じところばかりを突き上げてきて、蜜口がぐちゅぐちゅと卑猥《ひわい》な音を立てる。

身体が揺れるほど激しく抽送されたフランセットは、呆気《あっけ》なく達した。

「んぁ……っ！」

頭が真っ白になるくらいの快感が弾《はじ》け、フランセットは涙目で喘いだ。

意志とは関係なく隘路が引き絞られ、中にいる彼をわななきながら締めつけている。クロードが軽く息を詰めることで耐え、ますます激しい動きで揺さぶってきて、フランセットは必死に訴えた。

「……っ……クロードさま、待っ……」

「すまない。もう少し耐えてくれ」

彼の腰がぶつかるたびに肉杭《にくくい》の切っ先が子宮口を押し上げ、切羽詰《せっぱつ》まった声が出る。硬い幹《みき》が内壁を余さず擦り上げ、愛液が泡立《あわだ》ちながら溢《あふ》れ出ていて、接合部がぬるぬるしていた。身を屈めたクロードがフランセットの汗ばんだ額に貼りつく髪を払い、いとおしむように唇を押し当ててきて、優しいそのしぐさに胸がきゅうっとした。

気持ちに呼応するように隘路も窄《すぼ》まり、彼が熱い息を吐く。そしてフランセットの膝をつかみ、押し殺した声で言った。

「――そろそろ出すよ」

「あっ、あっ」

果てを目指す動きは激しく、華奢《きゃしゃ》な身体が揺さぶられて、フランセットは目の前のクロードの二の腕にしがみつく。

二度、三度と奥を突かれ、再び達した瞬間、彼が自身を根元まで埋めて熱を放つのがわかった。

「ぁ……っ！」

柔襞が搾り取る動きで剛直に絡みつき、狭い内部がクロードが吐き出した精液で満たされていくのがわかる。

気がつけば互いに息を乱し、至近距離で見つめ合っていた。彼が大きな手でねぎらうようにフランセットの頬を撫で、問いかけてくる。

「大丈夫か？　どこかつらいところは」

「あ、ありません」

「そうか、よかった」

ホッとした様子で微笑んだクロードが自身を引き抜き、簡単に後始末をした後、フランセットの身体を抱き寄せて褥《しとね》に横たわる。

男らしく硬い身体を頬に感じたフランセットは、その匂いを胸いっぱいに吸い込んだ。夫である彼は、とても優しい。輿入れしたときからこちらを気遣い、すぐに同衾《どうきん》せずに心の距離を縮めることに努めてくれた。

初めて抱き合って以降も独り善《よ》がりなやり方はせず、触れる手や眼差しに愛情を感じる。

(わたし……)

そうされるのは決して嫌ではなく、むしろうれしいという気持ちがこみ上げて、フランセットを戸惑わせていた。

これが世間一般の〝夫婦〟なら、これほど幸せなことはないだろう。たとえ家同士の思惑で結ばれた婚姻でも、愛し愛される関係になるのは決して悪くはないはずだ。

だがフランセットは、現状を手放しでは喜べなかった。バラデュール公爵家に輿入れするに当たり、フランセットはある密命を受けてきた。

それは実家であるカスタニエ家の今後に関わることで、クロードと結婚してからずっと心に暗い影を落としている。

(わたしはこの方に、優しくされる資格などない。だってわたしは――)

皇帝の甥でバラデュール公爵の称号を持ち、人格的に優れたこの夫を、自分は殺さなければばならない。

だがこちらを妻として愛し、大切にしてくれる彼の姿を目の当たりにするたび、フランセットの気持ちは強く揺らいでいた。

「どうした、眠いか？」

ふいにクロードがそう言って、フランセットの頬に触れてくる。

こちらを見つめる瞳は優しく、心から気遣ってくれていることが伝わってきた。目が合うとにわかに罪悪感が募り、フランセットは彼の胸に顔を埋めることでそれを誤魔化す。そして顔を上げず、くぐもった声で答えた。

「今日は馬車で半日揺られたので、疲れが出てしまったようです。もう休んでもよろしいでしょうか」

「ああ。明日はまたリヴィエまで戻らなければならないし、その前に挨拶に訪れる人々との面会もある。もう休もう」

掛布を引き寄せたクロードが、フランセットの剝《む》き出しの肩まですっぽりと覆ってくれる。そしてこちらの身体を改めて自身の腕の中に抱え直し、微笑んで言った。

「ではフランセット、おやすみ」

「……おやすみなさい」

【第一章】

ブロンデル帝国は連邦国家で、十六の王国や大公国で構成される。

皇帝であるエストレ家は百年前から領土拡大のための戦争を繰り返していたものの、この二代ほどは軍国主義を小休止させ、落ち着いていた。帝都レナルは国土の北西に位置し、帝国内からたくさんの人と物が集まる大都市だ。

皇帝が住まう宮殿は壮麗で、その周りを取り囲むように貴族たちの邸宅が建ち並んでいる。その中のひとつ、カスタニエ公爵家の令嬢であるフランセットは、窓越しに外を見て考えた。

（門扉から入ってきた馬車は、当家のものかしら。もしお義母《かあ》さまが外から戻られたのなら、ご挨拶に行かないと）

フランセットは確かにカスタニエ公爵であるロランの娘であるものの、着ているドレスは地味で、幼少期からこの屋敷内で目立たぬように暮らしている。

理由は、フランセットの母オルガがこの屋敷の召し使いだったからだ。かつてオルガはこの屋敷の主《あるじ》であるロランによって見初められ、彼のお手つきとなって子を身籠もった。

貴族の男性が妾《めかけ》を作るのは決して珍しくなく、別宅を用意したり手当てを弾んで贅沢《ぜいたく》な暮らしをさせたりするのが甲斐性《かいしょう》とされていたが、カスタニエ家の場合は違った。

夫が若い召し使いに手をつけたことに正妻であるミレーヌは激怒し、オルガが出産すると子どもを取り上げた挙げ句、彼女を屋敷から追い出してしまった。

生まれた子はロランの娘として認知され、カスタニエ家で養育されることになったものの、ミレーヌは義理の娘となったフランセットにことのほか冷たく当たった。

「身分卑《いや》しい母から生まれたあなたを、わたくしは情けで養育してやっているの」「あなたをこの家の娘として名乗らせている理由はひとつ、いずれ役立つときがくるからよ」と言うのが口癖で、常にきつい口調で詰《なじ》られ続けたフランセットはすっかり内向的な性格になってしまった。

(仕方がないわよね。お義母さまにしてみれば、自分より身分の劣る召し使いに夫を奪われたようなものだもの。しかも妊娠までしたなんて、プライドの高いあの方には許せないことだったに違いないわ)

この国の宰相《さいしょう》を出したこともある名家出身のミレーヌは、気位が高く自らの出自に絶対の自信を持っている。

ロランは気が強く美しい妻の尻に敷かれていて、オルガが屋敷を追い出されるときも表立って庇《かば》うことはしなかった。フランセットに対しても関心は薄く、「あの子の養育は、わたくしがいたします」と言うミレーヌにすべて丸投げしていた。

だから彼は、娘がどんな教育を受けているかはまったく知らないに違いない。フランセットは机の上の本を閉じ、勉強道具を片づける。そして問うような眼差しを向けてくる白猫のノエラを撫で、自室を出た。

階下に下り、玄関ホールに向かうと、ちょうど義母のミレーヌと兄のフィリップが出先から戻ってきたところだった。召し使いたちがズラリと立ち並ぶ中、前に歩み出たフランセットは二人に向かって頭を下げる。

「おかえりなさいませ、お義母さま、お兄さま」

すると兄のフィリップが、微笑んで答える。

「ただいま、フランセット。出迎えをありがとう」

整った顔の彼に見つめられ、フランセットの頬がかすかに熱を持つ。

兄のフィリップは、ミレーヌが生んだ一人息子だ。年齢は六つ上の二十四歳で、優雅な雰囲気の持ち主だった。

体形は細く、男らしさには欠けるものの、天使を思わせる秀麗な顔立ちと気品溢れる物腰はまさに貴公子と呼ぶにふさわしい。柔らかな色味の金髪と透き通るような緑色の瞳、長い手足が目を引き、社交界でも令嬢たちの視線を集めているようだ。

そんな彼は性格も穏やかで、フランセットにとって優しい兄だった。こうして出迎えるたびに労をねぎらってくれ、心にじんわりと熱が灯る。

「今日はどちらにお出掛けされていたのですか？」

「ボーモン侯爵家の茶会に、母上と一緒に呼ばれたんだ。夫人は『今度はぜひ、お嬢さまもご一緒に』と言っていたよ」

「……そうですか」

現在十八歳のフランセットにはあちこちの貴族から社交の誘いが届いているはずだが、ほとんど出席したことはない。

理由は、ミレーヌがすべて断ってしまうからだ。彼女はフランセットが華やいだ場所に行くのを好まず、屋敷に引きこもっているように申しつけた。なさぬ仲である娘を憎んでいるミレーヌは、おそらくフランセットが同年代の友人を作ることが許せないのだろう。

対外的には「娘は身体が弱いため、あまり外には出せませんの」と説明し、周囲の同情を買っていた。社交界デビューの際には渋々最高級のドレスを用意し、夜会への出席を許可したものの、それ以降は数回茶会に出ただけで終わっている。

（でも、そのほうがいいのかもしれないわ。わたしは人の中に入っても、上手く会話ができないし)

幼少期からミレーヌに「あなたは出自が卑しい、それが顔に出ている」「おどおどとした態度が人を不快にさせるのだから、せいぜいおとなしくしていなさい」と言われて育ったフランセットは、自己評価が低い。

いつも伏し目がちで極力相手と目を合わせず、自分から話題を振らずに黙っていることこそが人間関係に波風を立てない秘訣だと思っていた。社交に出ないために流行に疎《うと》く、帝都レナルの街中にある店にもほとんど行ったことがない。

自室でできる刺繍《ししゅう》や読書、勉強は許可されていて、フランセットの世界はごく限られた範囲で完結していた。そんな日常に鮮やかな色味を添えてくれるのが、猫のノエラと兄のフィリップの存在だ。

彼はフランセットに冷たく当たる母をたしなめ、自分の妹として扱ってくれていた。出掛けたときにちょっとしたお土産を買ってきたり、社交の場で聞いた噂《うわさ》を面白おかしく話してくれたりと、外に出る機会が少ないフランセットにさりげない気遣いをしている。

会話をする二人の脇を通り過ぎざま、ミレーヌがこちらを横目で見て言った。

「外出から帰ってきたばかりのフィリップをいつまでも玄関先に留《とど》めておくだなんて、気が利かない子ね。話は後にしたらどうなの」

「も、申し訳ありません」

「母上、僕のほうからフランセットに話しかけたんだよ」

フィリップがそう言いながら目配せし、「後でね」と合図する。フランセットは頷《うなず》き、去っていく二人の後ろ姿を見送った。

（お兄さまは、やっぱり優しい。この家の嫡男として忙しくしているのに、わたしなんかに構ってくれるのだもの）

その後、折を見て彼の部屋を訪れると、フィリップは召し使いにお茶を用意させた。

そして今日の茶会での話題や夜に招待されている夜会の顔ぶれについて話していると、部屋のドアがノックされて家令が姿を現す。

「フィリップさま、先日仕立て屋に注文した夜会用の衣服が届いております。業者が『仕上がりを確認したいため、一度ご試着いただきたい』と申しているのですが」

「ああ、今行く」

フィリップが家令と一緒に出ていってしまい、室内にはフランセット一人になる。

ふと視線を巡らせると、先ほど彼が脱いだジャケットが無造作に椅子に掛けられていた。

それを見たフランセットは立ち上がり、ジャケットを手に取ってそっと鼻先を埋める。

兄の匂いを色濃く感じ、フランセットの胸が強く締めつけられる。

フィリップとは正真正銘の兄妹だが、フランセットは彼を愛していた。幼少期から義母のミレーヌに厳しく当たられ、父も見て見ぬふりをする中、優しくしてくれる存在は兄だけだった。

フランセットがこの屋敷で何とか息ができているのは、彼のおかげだ。公爵夫人たるミレーヌに逆らう者はなく、召し使いたちも追随してこちらに事務的な対応しかしないために彼女たちと親しく言葉を交わすことはないが、フィリップが声をかけてくれるだけでホッと気持ちが緩む。

彼に対する気持ちが特別なものだと気づいたのは、一体いつだっただろう。姿を見るだけで心が浮き立ち、慕わしさがこみ上げてたまらない。フィリップの整った容貌、貴族らしい優雅な雰囲気、指が長く繊細な手や穏やかな声など何もかもが好ましく、胸がいっぱいになる。

（でも……）

たとえ母親が違っても自分たちは兄妹であり、このような感情を抱くのは許されない。

それがよくわかっているフランセットは、兄への気持ちを一生心に押し隠そうと決めてい

た。今でこそ独身だが、カスタニエ家を継ぐ彼はいずれどこかの貴族の令嬢を妻として娶《めと》る。フランセットも政略的な意味で両親の決めた相手に嫁ぐのは間違いなく、フィリップと結ばれることは絶対にありえない。

（たとえそうだとしても、いいの。お兄さまへの想《おも》いがあるだけで、わたしは毎日ささやかな幸せを得ることができる。一緒にお茶を飲めたり、お話をしたり、こうしてそっと匂いを嗅げるだけで充分うれしいし）

そのとき「失礼いたします」という声が響き、ドアが開いて、お代わりのお茶のポットを手にした召し使いが部屋に入ってくる。

突然のことに驚き、フランセットはそのままの姿勢で固まってしまった。すると召し使いのほうもフィリップの上着に鼻先を埋めていた様子を見てぎょっとした顔をし、わずかに狼《ろう》狽《ばい》して目をそらす。

「し、失礼いたしました」

「あ、……」

召し使いがポットをテーブルに置き、そそくさと部屋から出ていって、フランセットはその場に呆然《ぼうぜん》と立ち尽くす。

（どうしよう、お兄さまのジャケットに顔を埋めているのを見られてしまった。さっきの召し使いが、一体どう思うか……）

普通の兄妹ならばそんなことはしないはずで、つまりフランセットがフィリップに対して抱いている邪《よこしま》な気持ちがばれてしまったことになる。

そう思った瞬間、フランセットを襲ったのは身の置き所のない羞恥だった。もし先ほどの召し使いが、自分の見た光景を彼に伝えたとしたらどうなるだろう。兄はこちらを、「血の繋《つな》がりのある相手に欲情する、気持ちの悪い娘だ」と考えるに違いない。

そう考えたフランセットは、急いで手に持っていたジャケットを元どおりに椅子の背に掛けると、部屋から出た。そして廊下を足早に歩いて自室に向かいながら、ぐっと唇を嚙みしめる。

（お兄さまに嫌われたら、わたしは生きていけない。……どうしたらいいの）

フィリップに嫌悪されることを想像するだけで、フランセットは足元がガラガラと崩れ落ちるような絶望を感じる。

自室に戻ってからも、身体が震えて止まらなかった。それからどれだけ時間が経《た》ったのか、ふいに部屋のドアがノックされ、フランセットはビクッと肩を揺らす。

顔を上げた瞬間、廊下から召し使いが言った。

「奥さまがお呼びです。お部屋まで参られるようにと」

「――……」

フィリップではなくミレーヌに呼ばれているのだとわかり、フランセットは青ざめる。行きたくない気持ちでいっぱいだが、彼女を待たせれば折檻《せっかん》されるのは目に見えていた。

立ち上がって部屋を出たフランセットは、廊下を進んでミレーヌの私室に向かう。

目の前の扉をノックし、「失礼いたします」と声をかけてドアを開けると、金彩を施した優雅なフレームの長椅子にゆったりと腰掛けた彼女がこちらを見た。

「――お入りなさい」

青ざめたフランセットは、躊躇いがちに長椅子に歩み寄る。ミレーヌがこちらを見上げ、口を開いた。

「先ほど召し使いの一人が、わたくしに報告してきたわ。あなた、一緒にお茶を飲んでいたフィリップが席を外したとき、あの子のジャケットに顔を埋めていたそうね」

「それは……」

何か言い訳をしなくてはと考えたものの、上手く言葉が出てこない。そんなフランセットを見つめ、ミレーヌが吐き捨てる口調で言った。

「汚らわしい。あなたとフィリップは、母親が違えど兄妹なのよ。実のところ、あの子の優しさにつけ込んで馴《な》れ馴れしい態度を取るのを見て、わたくしは日頃から不快に思っていたの。兄に対して邪な気持ちを抱くなんて、人の道に悖《もと》る行為だわ。恥を知りなさい」

彼女の言葉のひとつひとつが鋭い刃《やいば》のように胸に突き刺さり、フランセットは顔色を失《な》くす。

改めて言葉にされるといかに自分が穢《けが》れた感情を抱いているかを実感し、目に涙が浮かんだ。フランセットは両の手を握り合わせ、震える声で謝罪した。

「……申し訳ございません。わたくし……」

「いつもフィリップを見つめながら、許されざる想いを抱いていたのでしょう？　思えばあなたの態度には媚《こび》がにじんでいて、粘着質だったものね。ああ、おぞましい」

それからしばらく激しい言葉で罵倒され、フランセットがようやく解放されたのは約三十分後だった。

自室のベッドに突っ伏し、フランセットはこみ上げる嗚咽《おえつ》を押し殺す。

（たぶんお義母さまは、この後わたしがしたことをお兄さまに伝えるはず。そうしたらきっと……）

フィリップもミレーヌと同様に、激しい嫌悪感を示すに違いない。

そう思うと真っ黒な絶望が心を埋め尽くして、フランセットは「いっそこの屋敷を出て、修道女になろうか」と考えた。

(そうよ。お兄さまから離れれば、この想いもなくなるはず。お義母さまとも会わずに済むし、今後の人生を神に捧げるのもいいかもしれない)

そんなことを考えているうち、気がつくと眠りに落ちていたらしい。

目が覚めたとき、着ていたドレスや髪は乱れていてひどい有様だった。召し使いを呼んで身支度をしながら、フランセットは心の中で修道女になることを真剣に検討する。

やがて身支度が終わり、深呼吸をしてダイニングに向かうと、父のロランとミレーヌ、フィリップがいて、朝食を取っていた。

「おはよう、フランセット」

兄がいつもどおりの顔でにこやかに挨拶してきて、フランセットはドキリとしながら小さく答える。

「お、おはようございます」

ミレーヌはつんとしてこちらを見ようとはせず、フランセットは自分の席に着きながら、「お義母さまは、昨日の件をお兄さまに話していないのかしら」と考えた。

(てっきりすぐにお兄さまに暴露されると思っていたのに、話してないなんて意外。それとも、本当におぞましいと思うからこそ、伝えないという選択をした……？)

フィリップに自分の気持ちを知られていないという事実は、喜んでもいいのだろうか。

だが義母からいびられる要素が増えてしまったのは否めず、やはり今後のことを考えればこの屋敷を出るのが一番いい選択のような気がする。

そんなことを考えながらパンをちぎっていると、ふいにロランから「フランセット」と呼ばれる。

「は、はい」

父がこちらに関心を向けることは滅多になく、フランセットは一体どんな用件で名を呼ばれたのか目まぐるしく考える。しかし彼が口にしたのは、思わぬことだった。

「突然だが、お前の嫁ぎ先が決まった。バラデュール公爵家だ」

「えっ」

「クロード・エルヴェ・バラデュールは最近代替わりしたばかりの公爵家の当主で、お前より十歳年上だ。詳しいことは、ミレーヌに聞くように」

「――……」

いきなり縁談話を決定事項として告げられたフランセットは、頭が真っ白になる。

普段社交に出ないため、バラデュール公爵がどんな人物なのかもまったくわからなかった。

慌ててパンを皿に置き、「お父さま、あの……」と呼びかけたものの、ロランはナフキンで口元を拭って席を立つ。

「そろそろ出掛ける。馬車の用意を」

「承知いたしました」

召し使いが恭《うやうや》しく頭を下げ、彼がダイニングを出ていく。

その後、話を聞くためにフランセットがミレーヌの部屋を訪れると、そこにはフィリップもいた。

「お兄さま……」

「結婚おめでとう、フランセット。相手はうちと同格の公爵家だ。いい相手が見つかってよかったね」

彼の笑顔にはまったく邪気がなく、フランセットは戸惑いながら義母に視線を向ける。

「お義母さま、わたくしが結婚って、あの……」

「わたくしがまとめてあげたお話なのよ。今後のことを考えてね」

――ミレーヌは説明した。

バラデュール家はカスタニエ家と同様に公爵位を持っており、現皇帝レアンドル・ルイ・エストレの弟エドモンが当主を務めていた家だという。だが彼が病気を理由に引退し、半年前に嫡子のクロード・エルヴェ・バラデュールが家督を受け継いだ。

「カスタニエ家は三代前の皇帝陛下に連なる家柄で、かの家とは同じ公爵家としてこれまで何かと比べられる立場にあったの。その最たるものが、次期辺境伯を巡る問題よ」

「辺境伯……？」

ブロンデル帝国の西部にあるクラヴェル地方は隣国エレディア王国と隣接する地域で、帝都レナルからかなり離れている。

辺境伯は階級こそ伯であるものの、敵国との最前線に所領を持っていて、地政学上の問題から皇帝の信任が篤《あつ》い者が任命され、有事に備えて大きな権限を与えられている存在だ。

現在のクラヴェル辺境伯であるコルベール卿には後継者がおらず、次の辺境伯としてカスタニエ家とバラデュール家の名前が挙がっているらしい。現在所有している公爵領に加えて辺境伯の領地を得られれば、財政的にも軍事的にもバラデュール公爵家を上回ることができるのだとミレーヌは語った。

「ところがここで問題があるの。ロランさまは、辺境伯の地位に興味がないのよ」

「…………」

「あの方は『自分は辺境に興味はなく、娯楽がある帝都レナルで暮らしたい』とおっしゃってね。でも、わたくしは違う」

ミレーヌが爛々《らんらん》と目を輝かせながらそう断言し、フィリップが言葉を引き継ぐ。

「母上は何としても父上を辺境伯にし、息子である僕にその後を継がせたいと考えているんだ。何しろ今の公爵家の身分に辺境伯が加われば国内貴族たちの中で、別格になれるわけだからね」

　彼女は再三に亘《わた》ってロランに辺境伯になるよう勧めたものの、彼は色よい返事を寄越さなかったらしい。夫の消極的な態度に苛立《いらだ》ちをおぼえたミレーヌは、それを表には出さずに一計を案じたという。

「『フランセットは、そろそろ結婚を考える年頃。お相手としてバラデュール卿はどうかしら』とお勧めしたのよ。同じ公爵家として家格も釣り合う上、あちらのご当主は最近代替わりされてまだ独身。フランセットにぴったりだと言ってね」

　辺境伯の地位には興味がないものの、バラデュール家と婚姻を結ぶことに異存はなかったロランは、先方に縁談を打診した。

　するとバラデュール家がその申し出を受け入れ、フランセットの輿入れが決定したというのが事の顚末《てんまつ》らしい。フランセットは戸惑いながら問いかけた。

「でも……わたくしがバラデュール卿に嫁ぐことと次期辺境伯の地位に、一体何の関係があるのでしょう」

　するとミレーヌがにんまり笑い、口を開いた。

「もちろんあるわ。ロランさまが身分卑しい召し使いに手をつけて生ませたあなたを、わたくしはこの家の娘として育ててきた。今こそその恩を返すときよ」

「………」

「フランセット、あなたには幼少期より世間一般の貴族令嬢が学ぶべきことをすべて身に着けさせました。でもその中で、ひとつだけ違うものがあるわ。そうでしょう？」

　自分が義母から何を求められているかを悟り、フランセットの心臓がドクリと音を立てる。

　彼女が目を細めて言葉を続けた。

「あなたにはバラデュール家の当主であるクロードの元に輿入れしたのち、しかるべきタイミングで彼を暗殺してもらいます。これは命令よ」

　予想していたとおりの言葉を告げられ、フランセットは顔色を失くす。

　確かにミレーヌの言うとおり、フランセットは一通りの淑女教育の他、ある特殊なことを学ばせられてきた。それは、毒に関する勉強だ。植物由来のものやカエルや蛇、蜂などが持つ毒、細菌毒など多岐に亘り、どんなふうに飲ませれば人が死に至るかを学んでいる。

　最初は語学や歴史と同じ勉強だと思っていたが、長じるにつれて「なぜこのようなことを学ばなければならないのだろう」という疑問が芽生え、彼女に問いかけたことがあった。するとミレーヌは、涼しい顔で恐ろしい返答をした。

『あなたに毒物について学ばせるのは、いずれカスタニエ家の政敵を暗殺してもらうためよ。

宮廷でロランさまやフィリップの邪魔をする人物が現れたら、それをあなたに片づけさせるの。ね、いい考えでしょう?』

彼女の思惑を初めて知ったとき、フランセットは戦慄した。

自分を育てたのは暗殺者に仕立てるためであり、家族としての情愛は微塵《みじん》もないのだ。そう悟ったフランセットは毒物の勉強を放棄しようとしたものの、そうするとミレーヌから激しい折檻を受けた。

『ここまであなたを育てて、一体どれだけのお金がかかっていると思っているの。逆らうことは許しません』

勉強を強制されつつ、フランセットは一体いつ暗殺を命じられるのかと恐々としていた。だがまさか「結婚相手を殺せ」と言われるとは思わず、必死に訴える。

「そんな……無理です。夫となる人を殺害するだなんて」

「何が無理なの? そのためにあなたには、あらゆる毒に関する知識を身につけさせたのよ。一緒に暮らしながら折を見て毒を飲ませるのは、造作もないことでしょう」

まるで聞き分けのない子どもを前にしているかのようにフランセットを見つめ、ミレーヌが小さく息をついた。

「政治に疎《うと》いあなたにもわかるように、説明してあげるわね。カスタニエ家は三代前の皇帝の弟君が公爵に叙爵されて興した、由緒ある家系よ。でも現皇帝とは血筋的に離れているために、宮廷内での立ち位置は微妙になりつつあるの」

「………」

「このままではカスタニエ家は政治の中枢から遠ざけられ、宮廷での発言権を失ってしまうわ。わたくしはね、息子のフィリップにあらゆるものを与えてあげたいの。現在の辺境伯であるコルベール卿が治めるクラヴェル地方は広大な所領と高い軍事力を誇り、まるで帝都かと見まごうほどに発展しているそうよ。ロランさまが次の辺境伯となれば、コルベール卿の個人資産以外のすべてのものがカスタニエ家のものとなり、いずれフィリップに受け継がれる。でもそのためには、ライバルであるバラデュール卿が邪魔なの」

宮廷で存在感を失いつつあるカスタニエ家に比べ、バラデュール家の当主は現皇帝の甥だ。まだ次期辺境伯がどうなるかの結論は出ていないものの、血筋が近いクロードのほうが皇帝の信頼を得ているという事実は無視できない。

彼女は「だから」と言葉を続けた。

「フランセット、あなたがクロード・エルヴェ・バラデュールを片づけてくれれば、ロランさまはクラヴェル辺境伯になれる。その地位が、ゆくゆくはフィリップのものになるのよ。ね、素晴らしいでしょう?」

「…………」

「わたくしの想定している未来は、それだけではないわ。他国ではね、国王の崩御と同時に辺境伯が公国として独立した事例がいくつもあるそうなの。これがどういうことかわかる？」

フランセットが戸惑いつつ、「いえ」と答えると、ミレーヌがにんまり笑って言った。

「フィリップが辺境伯の地位を得た後、皇帝陛下が崩御したタイミングでブロンデル帝国からの独立を宣言すれば、クラヴェル公国の初代大公になれるということよ。このわたくしの息子が、一国の主となるの。妹であるあなたにとっても喜ばしいことでしょう？」

それを聞いたフランセットは、青ざめた。

彼女が目論んでいるのは、国家に対する反逆だ。バラデュール公爵を殺すだけでは飽き足らず、公国としての独立を画策するなど、反逆罪で捕まってもおかしくない。

フランセットは縋《すが》るような眼差しでフィリップを見た。ミレーヌの野望は、息子を思う母心だと言えば説明がつかないこともない。だが良識のある兄ならば、そんな母親の発言を厳しく諌《いさ》めてくれるのではないか。

そう考えていたものの、フィリップはフランセットに視線を向け、どこか困ったように微笑んで言った。

「急にこんな話をされて、驚いたかな。フランセットは屋敷に引きこもって勉強ばかりだったし、政治のことは何もわからないだろうから、無理もない」

「お兄さま、わたくしは……」

「でもあえて言うよ。僕のために、クロード・エルヴェ・バラデュールを殺してほしい」

兄がミレーヌと同じ考えをしているのだとわかり、フランセットは絶句する。

まさか彼が、母親と同様にこんな恐ろしいことを考えているとは思わなかった。言葉が出てこないフランセットをどう思ったのか、フィリップはこちらに歩み寄って優しい口調で告げる。

「事が成就した暁《あかつき》には、お前に非が及ばないように力を尽くす。必ず帝都レナルに呼び戻すから」

「……」

「その後はこれまでどおり、一緒に暮らそう。お前のことは僕が絶対に守ってあげるから、何も心配しなくていいよ。僕を愛しているならできるだろう？」

その言葉を聞いたフランセットは、「もしかするとフィリップは、こちらが兄である彼に対して邪な想いを抱いているのに気づいているのではないか」と考える。

（そうよ、お義母さまが黙っているわけがない。お兄さまはわたしの気持ちを既に知っていて、それで――)

知った上で、彼はフランセットに「自分のためにクロードを殺せ」と唆《そそのか》している。まるでお前を嫌わない代わりに役目を果たせと言わんばかりの態度に、フランセットは深く傷ついた。

(でも……)

思えばこれは、自分に課せられた罰なのかもしれない。

血を分けた兄妹でありながら兄を愛してしまった罪を償うため、彼らの要望に応えるのは当然ではないのか。二人からそんな圧を感じ、フランセットはかすかに顔を歪める。

しばらくそんな様子を見つめていたフィリップが、ニッコリ笑って言った。

「決まりだな。そうそう、君の猫のノエラのことは心配しなくていいよ。僕が責任を持って世話をするから」

「えっ」

「バラデュール家に、ペットを連れて輿入れできるわけがないだろう。でもフランセットがこのカスタニエ家のために頑張ってくれるんだから、残された僕や母上が君が大切にしている猫の世話をするのは当たり前のことだよ」

フランセットの手のひらに、じっとりと汗がにじむ。

このタイミングで猫の話をされると、まるで脅しのように感じるのは気のせいだろうか。

そんなことを考えるフランセットをよそに、フィリップがにこやかに言葉を続ける。

「フランセットの輿入れに当たっては、カスタニエ家として一流の嫁入り道具を揃《そろ》えてあげるよ。いいだろう？　母上」

「……仕方ないわね。うっかり粗末な物を持たせて、バラデュール家に侮られるなんて我慢できないもの」

ミレーヌが自分の輿入れのときにはどんなものを誂《あつら》えたかを語り始め、フィリップが笑顔で母親の話を聞いている。

それをよそに、フランセットは顔をこわばらせて立ち尽くしていた。バラデュール公爵との結婚、そしてカスタニエ家のために彼を毒殺するという話が成立してしまい、身体の震えが止まらない。本当は断りたい気持ちでいっぱいだったが、拒否できる雰囲気ではなかった。

（どうしよう。わたしは本当に夫となる人を殺すの？　お兄さまのために……？）

フィリップに手酷《てひど》く拒絶されずに安堵《あんど》する一方、たった今課せられた密命がフランセットの心に重くのし掛かる。

二人は当事者であるこちらにまったく構わず、和やかに話し続けていた。それを前に、フランセットは胸の中に渦巻く嵐にじっと耐え続けた。

【第二章】

五月上旬の帝都レナルは日に日に気温が上昇し、帝国の南部では既に夏を思わせる気候のところもあるという。

その日、フランセットは朝から自室で身支度をしていた。室内の私物はすべてまとめられ、召し使いたちが搬出して馬車に積み込んでいる。とはいえ毒物に関する書籍は持っていくわけにいかず、この屋敷に置いていくことになっていた。

（そうよね。持ち込んだ荷物を改められてクロードさまに不審に思われたら、元も子もないもの）

父からバラデュール公爵との結婚話を聞かされてから三ヵ月、フランセットは輿入れの日を迎えていた。

夫となるクロードとは顔合わせを済ませており、初めて彼を見たときの印象は「背が高い男性だ」というものだった。彼はロランやフィリップよりさらに上背があり、身体には適度な厚みがある一方、穏やかな物腰が公爵らしいノーブルな雰囲気を醸し出している。

顔立ちは整っており、すっきりとした顔の輪郭や太い首筋に男らしさが漂っていて、家族以外の男性と接する機会が少ないフランセットは気後れしてしまった。

そんなこちらの手を取って甲に口づけながら、クロードは丁寧に挨拶してくれた。

『初めまして、フランセット嬢。クロード・エルヴェ・バラデュールと申します』

低く落ち着いた声は美声といってよく、淑女として扱われたフランセットはドキドキしながら「フランセット・アンヌ・カスタニエでございます」と小さく答えた。

それから婚約期間の三ヵ月、クロードは婚約者として何度も茶会や夜会に誘ってくれたものの、フランセットは一度もそれに応じたことはなかった。今まで社交に参加したことがほぼなく、苦手意識があったからだが、ミレーヌは「そうやってバラデュール卿を袖にするくらいで、ちょうどいいのよ」「皇帝陛下から婚姻の裁可はいただいているのですから、あなたの態度を理由に向こうは婚約破棄ができませんからね」と言っていて、フランセットは複雑な気持ちになった。

（何度も誘いを断るわたしを、クロードさまはどう思っているかしら。もしかするとわたしは、あの方に恥をかかせてる……？）

だが〝折を見てクロードを殺せ〟という密命を受けている以上、彼に気安く会うことはできない。そんな葛藤があり、顔合わせ以降一度もクロードと面会しないまま、フランセットは輿入れの日を迎えてしまった。

挙式はバラデュール家の所領であるリヴィエで行うといい、これから馬車で二時間揺られて移動しなくてはならないが、今から気が重い。婚約者でありながらずっとつれない態度を取っていた自分に、クロードは苦々しい気持ちを抱いているに違いないからだ。

（自業自得だわ、向こうのお誘いを何度も断り続けているんだもの。クロードさまの中でわたしの評価は、かなり下がっているはず）

そんなことを考えながら、フランセットは鏡の前で身だしなみをチェックする。

外出用に仕立てたそのドレスは薄紅色のストライプ柄で、上半身はタイトで腕や腰の細さを強調しつつ、スカート部分にはたっぷりの生地を重ねてボリュームを出している。全体にあしらわれた繊細なレースや花飾り、帽子についている鳥の羽根が華やかで、公爵令嬢にふさわしい装いだった。

屋敷の玄関に向かうと、外にはカスタニエ家の紋章が入った馬車が四台待機しており、随行の護衛騎士たちがリヴィエへのルートについて打ち合わせをしている。

「フランセット」

ふいに呼びかけられたフランセットが顔を上げると、奥からフィリップがやって来るところだった。

彼はこちらを見つめ、にこやかに言う。

「いよいよ出立だね。忘れ物はない？」

「はい」

「君がいなくなると思うと、寂しくなるよ。手紙を書くから、返事をくれるかな」

「はい、もちろん」

今日のフィリップはシャツにタイ、ベストを着た上にフロックコートという装いで、とても優美だ。

天使を思わせる容貌は相変わらず美しく、フランセットの胸が強く締めつけられる。

（今日で、お兄さまに会えなくなるんだわ。でもわたしが約束を果たせば、またこのお屋敷で一緒に暮らすことができる……）

そんな複雑な気持ちが顔に出ていたのか、彼がふっと微笑んで言った。

「そんな顔をしないで。ほら、おいで」

「あ……っ」

ふいに腕を引かれ、兄の腕に抱きしめられたフランセットは、ドキリとする。

細身だが男性であるフィリップの身体は硬く、フランセットをすっぽり抱き込めるほどの体格で、かあっと頬が熱くなった。

フランセットの身体を抱く腕に力を込めながら、彼が耳元で言った。

「どんなに離れていても、僕は君のことを想っているよ。一日も早く帰ってくることを祈ってる」

「……はい」

腕を解かれ、ぬくもりが離れていくのを感じると、涙が零れそうになった。

フランセットが「お兄さま、わたくし……」と言いかけた瞬間、背後から女の声が響く。

「もう出立のお時間です。万が一到着が遅れては、先方に失礼になるのでは?」

振り向くと、そこにいたのは瘦身の女だった。

年齢は二十五歳で、うっすらとそばかすが浮く顔には神経質そうな性格が如実に表れている。名前はウラリーといい、フランセットの輿入れに同行する者としてミレーヌがつけた侍女だ。フランセットは慌てて彼女に謝罪した。

「ごめんなさい。今行きます」

兄に向き直ると、フィリップがニッコリ笑って言う。

「ごめんね、引き留めて。道中気をつけて」

「はい。……お兄さまも、お元気で。どうかノエラのことをよろしくお願いいたします」

父のロランは既に所用で出掛けており、ミレーヌの見送りもなかった。

それがこの家における自分の扱いだと思うと諦めに似た気持ちになりつつ、フランセットは馬車に乗り込む。そして緩やかに走り出した車内で窓の外を眺め、じっと考えた。

（バラデュール公爵領のリヴィエは、帝都レナルに近いところにあると言っていた。一体どんなところなのかしら）

これまでのフランセットは外出の機会が極端に少なく、出掛けるのは毒の原料となる植物や生き物の調達のために郊外の森を訪れるときくらいだった。

そのため、車窓から眺める華やかな町並みはとても興味深いものだったが、どこか気もそぞろだ。クロードと結婚する目的は彼の暗殺であり、新生活への期待は一切ない。それどころか、「上手くできるのか」「どのタイミングで、どんな毒物を使って仕掛けるべきか」ということで頭がいっぱいになっている。

この三ヵ月間、フランセットは何度もミレーヌの説得を試みた。自分たちの邪魔になるからといって、政敵を抹殺しようと目論むのは許されない。だがそんなフランセットに対し、彼女は苛立ちもあらわに言った。

『バラデュール家との縁談はもう決まったことで、覆せないのよ。粗末な物を持たせれば当家が恥をかくから、あなたの嫁入り道具は最高級のものを揃えているの。ここまでしてあげているわたくしたちに対してあなたは報いるべきだし、意見をするなんてとんでもないことだわ』

確かに嫁入り道具は馬車に三台分、夜会用のドレスと普段使いのドレス、宝飾品、さまざまなシーンで使う華やかな小物、新しい衣服を誂えるための反物、豪華な装飾が施された鏡台や箪笥《コモード》など、最高級のものを持たされている。

それに対して感謝の気持ちはあるものの、実際はバラデュール家への対抗意識の表れで用意されたものだ。同じ公爵家であるため、少しでも下に見られるのは許せない。そんなミレーヌの考えの結果が豪奢な嫁入り道具だと思うと、手放しで喜べなかった。

(それに……)

フランセットは隣に座るウラリーの様子を、チラリと窺《うかが》う。

バラデュール家に随行する侍女としてミレーヌがつけた彼女は、愛想の欠片《かけら》もない女性だった。背すじをピンと伸ばしていてとても有能だが、何をするときも笑みひとつ浮かべず、口調も事務的で淡々としている。

それでもカスタニエ家の屋敷から自分の嫁ぎ先にわざわざついてきてくれるのだから、仲よくするべきだ。そう考えたフランセットは、遠慮がちにウラリーに話しかける。

「あの、ウラリーはリヴィエには行ったことはある？」

「いえ、ございません」

「あなたの出身は帝都なの？」

「郷里は東部のバルビゼ地方です。十五歳で帝都の貴族のお屋敷にご奉公に上がり、そこで数年働いた後にカスタニエ家でお世話になることになりました。ですから他の地域を訪れたことは一切ございません」

事務的な口調で言いきられ、それきり会話が途切れる。

おそらく彼女は公爵夫人であるミレーヌの傍近《そば》くに仕えていたため、自分の輿入れに同行するのを快く思っていないのだろう。そう考えたフランセットは、正面に向き直りながら膝の上の両手を握り合わせる。

（わたし、リヴィエで上手くやっていけるのかしら。それとも本来の目的を考えれば、あちらの人々とは馴れ合わずにいるべき？）

陰鬱な気持ちで考え続けるうち、二時間ほどが経過して馬車はリヴィエに入る。

市街地はパン屋や雑貨店、酒場の他、花屋や仕立て屋などさまざまな店が立ち並び、建物も二階建てが多く活気があった。地面には石畳が整然と敷かれ、大路の脇にはたくさんの人々が花を手に並んでこちらを見ている。フランセットは戸惑ってつぶやいた。

「あんなにたくさんの人たちが並んでいるなんて、一体どうしたのかしら」

「フランセットさまを歓迎なさっているのでは？　今日はご領主であるバラデュール卿が、ご結婚されるわけですし」

「そ、そうなのね……」

まさかこれほどたくさんの人々が自分を出迎えてくれるとは思わず、フランセットはひどく動揺する。

護衛騎士に守られた四台の馬車は、ゆっくりと大路を進んだ。しかし途中で馬が嘶《いなな》いて動きが止まり、フランセットは驚いて窓から様子を窺う。

（あ、……）

馬車の行く手に、五歳くらいの幼い少女がいる。

おそらく詰めかけたたくさんの人に押され、大路に飛び出してしまったのだろう。慌てて母親らしき女性が人混みから出てきて、娘を抱きしめながら謝罪した。

「申し訳ございません！　私の娘が粗相を……」

すると護衛騎士の一人が馬上で剣を抜き、切っ先を母子に向けて居丈高に言う。

「この馬車はカスタニエ公爵家のものであり、バラデュール卿のお屋敷に向かう途中だ。輿入れの道中を遮るとは、今回の婚姻に泥を塗るも同然。不敬にも程がある」

「そ、そんなつもりは……」

抜き身の剣が陽光を反射してギラリと光り、それを見た群衆がどよめく。

一気に緊迫した雰囲気の中、怯《おび》えた表情をする二人を見たフランセットは、咄嗟《とっさ》に馬車の扉に手を掛けて外に出た。

「フランセットさま⁉」

ウラリーが制止しようと声を上げたものの、考えるより先に身体が動いていた。

馬車から出たフランセットの姿に気づき、人々が驚きの表情で注目する。ドレスの生地を摘まんで足早に母子に歩み寄ったフランセットは、二人の前に跪《ひざまず》いて言った。

「娘さんに、お怪我はありませんか。どこか擦り剝いたりしたりは」

「ご、ございません」

母親が目を白黒させつつ答え、フランセットは彼女に抱かれた幼い少女が手にした花に触れながら、精一杯優しい口調で言う。

「わたくしを歓迎するために、きれいな花を持ってわざわざ往来に立っていてくれたのですね、ありがとう。このお花をいただいても構いませんか？」

「……はい」

少女が頷いて花を手渡してくれ、フランセットは立ち上がって護衛騎士に告げる。

「剣を収めてください。領民の皆さんが歓迎してくださっている場に、そのようなものはふさわしくありません」

内心は剣を手にした彼が恐ろしくてたまらなかったものの、努めて穏やかにそう告げると、護衛騎士が渋々剣を収める。

フランセットは花を手にしたまま、再び馬車に乗り込んだ。すぐに隊列が動き出し、隣に座るウラリーが棘《とげ》のある口調で苦言を呈してくる。

「勝手に馬車の外に出られては困ります。もし群衆の中に暴漢がいてフランセットさまがお怪我などをされたら、わたくしたち随行の者がその責を負うのですよ」

「ごめんなさい」

今さらながらに震えがこみ上げてきて、フランセットは唇を引き結ぶ。

確かに彼女の言うとおり、常ならば考えなしの行動は随行の者たちに多大な迷惑をかけてしまうだろうが、幼い少女とその母親が怯えているのを看過できなかった。

(でも、どうにかあの場を収められてよかった。さっきの出来事があの女の子の心の傷になっていなければいいいけど)

そんなふうに考えながら馬車に揺られること二十分、隊列は森を抜けた先にある石造りの優美な城に到着する。

複数の尖塔《せんとう》を持つ城は大きく開けたところに建っており、傍に美しい湖があった。カスタニエ家の馬車が到着すると重厚な門扉が開き、中から護衛騎士を引き連れたクロードが姿を現す。

「ようこそ、リヴィエへ。フランセット、君を歓迎するよ」

約三ヵ月ぶりに会った彼は、相変わらず精悍《せいかん》だった。

漆黒の髪が端整な顔立ちを引き立て、均整の取れた身体にフロックコートがよく似合っている。クロードに手を取られて馬車を降りたフランセットは、ドキリとしながら挨拶をした。

「お出迎えありがとうございます、クロードさま。長いことご無沙汰《ぶさた》してしまい、大変申し訳ありません」

「体調不良だと聞いて、心配していたんだ。帝都レナルからここまでは馬車で二時間半ほどだが、疲れたんじゃないかな」

「はい、あの……ええ」

フランセットが曖昧な返事をすると、彼が微笑んで言う。

「挙式は午後一時からだから、少し休むといい。城の中に案内するよ」

エントランスロビーで家令のラシュレーと女中頭のリーズを紹介してもらう傍《かたわ》ら、カスタニエ家の者たちが馬車から次々と荷を下ろして中に運び込んでいく。

城の内部は、見た目どおり壮麗な雰囲気だった。石造りの床には豪奢《ごうしゃ》な模様の絨毯《じゅうたん》が敷かれ、飴色《あめいろ》の階段の手すりに植物の意匠の彫刻が施されている。

廊下のあちこちに凝った装飾のチェストが置かれ、異国の壺《つぼ》や絵画が飾られているのが印象的だった。

「ここが君の部屋だ。どうぞ」

「……失礼いたします」

中は広々とした空間で、ロマンチックな雰囲気だった。

壁紙はピンク色で、金で加飾された優美なマントルピースの上に燭台《しょくだい》が左右対称で置かれている。猫脚の長椅子やきらめくシャンデリア、優雅なドレープを描くカーテンなど、どこを見てもうっとりするくらいに美しく、フランセットは思わず声を上げた。

「素敵ですね……」

「私の母が、君のためにいろいろな物を揃えてくれたんだ。気に入ってくれるとうれしい」

カスタニエ家で与えられていた部屋は装飾が少なく、どちらかといえば無機質な雰囲気だった。それだけにこうした女性らしいしつらえの部屋を与えられたことがうれしく、同時にひどく恐縮してしまう。

「あの、わたくしはもっと小さな部屋で構いません。これほど素晴らしいお部屋なら、客間にされたほうがよろしいのでは」

するとそれを聞いたクロードが、眉を上げて言った。

「もし遠慮しているなら、そんな必要はない。君のためにしつらえた部屋だし、嫌でなければ使ってくれないか？　もしどうしても趣味に合わないものがあれば、撤去してくれて構わない」

「そ、そんな。趣味に合わないなどということはございません。あまりに素敵で、気後れしてしまっただけで」

彼に気を使わせてしまったのがわかり、フランセットの声が尻すぼみになる。

それを見下ろし、クロードがクスリと笑った。

「何か聞きたいことがあれば、召し使いか家令のラシュレーに言ってほしい。もちろん私に聞いてくれてもいい」

ウラリーが部屋にやって来たところで、彼が踵《きびす》を返して言う。

「――ではフランセット、後で」

到着して早々、軽めの昼食を慌ただしく済ませた後、フランセットはほとんど休む間もなく挙式の支度に取りかかった。

まずは湯浴みをし、念入りに化粧をして髪を複雑な形に結い上げる。それからドレスの着付けに入ったが、用意されていたのは純白の美しいものだった。

上半身は銀糸で草花の精緻な刺繡が施され、ウエストの位置が高く、スカート部分は裾にいくにつれて広がりを見せている。耳飾りと首飾りは宝石をふんだんに使った豪奢なもので、髪に白い薔薇《ばら》や小花を飾ると完成だ。

挙式はリヴィエにある教会で行うといい、馬車で移動した。すると建物の周囲には先ほどと同様にたくさんの人々が集まっていて、フランセットとクロードが降り立つと大きな歓声が上がった。

彼らが領主の花嫁である自分を思いのほか温かく受け入れてくれているのがわかり、フランセットはぎゅっと胸を締めつけられるのを感じた。

(わたしは、この人たちに歓迎される資格なんてない。……クロードさまを殺そうとしているんだから)

人々の間を通って教会に入り、美しいステンドグラスときらめく燭台の灯《あか》り、聖歌隊が歌う厳かな雰囲気の中で式を挙げる。司祭に促されて愛と貞節を誓いながら、フランセットは自身の罪深さを嫌というほど感じていた。

この結婚はクロードの暗殺が目的であり、彼を愛するつもりはない。それなのに何食わぬ顔でこうして神の前に立つ自分は、いつか大きな罰を下されるのではないか。

（でも……）

出立の前に抱きしめてくれたフィリップのぬくもりを思い出すと、フランセットの心に重苦しいものがこみ上げる。

こちらが許されざる想いを抱いているのに気づいているはずの彼は、まったく嫌悪を示さなかった。それどころか「どんなに離れていても、僕は君のことを想っているよ」「一日も早く帰ってくることを祈ってる」と言ってくれ、家族の中で唯一別れを惜しんでくれた。

まさか兄にあんなふうに抱きしめられると思っていなかったフランセットの心は、この数時間ずっと熱を持っている。やはり自分は彼が好きなのだと実感し、クロードとの結婚で会えなくなることに身を裂かれるような切なさを感じた。

（お兄さまの役に立てるのは、わたししかいない。確かにお義母さまの言うとおり、このまま宮廷で存在感を失っていくことになれば、カスタニエ家は衰退する一方なのだもの）

だがロランが辺境伯の地位を手に入れられれば、帝国内の貴族たちの筆頭に躍り出ることができる。

その地位はいずれフィリップに引き継がれ、カスタニエ家は名家の威光を取り戻せるはずだ。

（そのためには、クロードさまの存在が邪魔になる。……だからわたしは、この方を殺《あや》めなければ）

教会での結婚式を終えた後、デュラン城では結婚を祝うパーティーが催された。

フランセットのドレスは淡いシャンパンカラーの生地に最高級のレースと無数の造花をあしらった清楚なもので、大きく開いた胸元とコルセットで締めたウエストがほっそりした体形を際立たせ、耳と首元に飾られた大きな宝石が花嫁らしく華やかな印象だ。

一方のクロードは上品なドレスシャツと白のウエストコート、重厚な深紫のコートという盛装姿で、表面には金糸と銀糸、さまざまな色糸で草花の豪奢な刺繍が施され、あちこちに縫いつけられた本物の宝石がキラキラときらめいている。

大広間のテーブルにはハーブで香りづけした羊や牛肉のロースト、鱒《ます》の白ワイン蒸し、塩漬けニシンのパイや野菜の煮込み、フリッターの他、鴨《かも》のパテや砂糖漬けの果物を混ぜ込んだケーキ、バターたっぷりの焼き菓子やプディング、樽《たる》のワインなどが供され、たくさんの料理が所狭しと並んでいた。

楽士たちが音楽を奏でる中、帝都レナルや近隣地域からは貴族たちと名士が大勢お祝いに駆けつけている。クロードは彼らににこやかに対応しているものの、隣に座るフランセットはうつむきがちだ。

最初は「花嫁は奥ゆかしい方だ」「緊張されているに違いない」と好意的に解釈してくれていた招待客だったものの、二時間が経過してもほとんど顔を上げない様子を前にヒソヒソと話し始めているのがわかった。

だがフランセットは、明るく振る舞えない。これから機を窺って夫を殺そうと目論んでいる以上、祝賀の宴《うたげ》を楽しむ気分にはなれなかった。するとそんな新妻を気遣い、クロードがこちらの手を取って言う。

「フランセット、私と一曲踊ってくれないか」

「えっ？」

「それが済んだら、部屋に下がってくれていいから」

招待客たちの前でダンスをし、仲睦《なかむつ》まじい様子を見せれば一応の面目は立つ。

その後は一足先に退室していいと言われたフランセットは、躊躇いがちに頷いた。彼がこちらの手を取り、大広間の中央に出たところ、人々がどよめいて大きくスペースを開ける。

楽士たちがひときわ華やかな音楽を奏で始め、フランセットはクロードにリードされて踊り始めた。

「あ……っ」

右手をつかみ、腰に添えた手でぐんと身体を持っていかれたフランセットは、息をのむ。

彼のダンスは巧みで、体格差のあるこちらの身体を自然な形で誘導してくれていた。フランセットは最低限のステップを踏むだけでよかったが、クロードの大きな手や密着した胸から伝わる身体の逞《たくま》しさを意識してしまい、頬がじんわりと熱くなっていく。

(どうしよう。わたしがドキドキしているのが、この方に伝わってしまう)

教会で式を挙げ、こうして祝賀の宴を催した後に待ち構えているのは、初夜だ。

結婚したからには夫と枕を交わさなければならず、フランセットは胃がぎゅっと縮こまるのを感じる。この縁談について聞かされたときから、〝妻の務め〟について考えるたびに暗《あん》澹《たん》たる気持ちにかられていた。

自分の心にはフィリップがおり、本音を言えば他の男性に身を任せたくはない。だが大抵の貴族の女性は親が決めた相手の元に嫁ぐものであり、フランセットはいずれ自分もそうなるものだと覚悟していた。

(でも……)

そんな迷いを抱えながら一曲踊り終わり、フランセットは席に戻る。するとクロードが脇に控えていたウラリーを呼び、彼女に向かってひそめた声で言った。

「フランセットを部屋まで連れていってやってくれ。疲れているだろうから、湯浴みをさせてやるように」

「かしこまりました」

ウラリーと共に大広間を出たフランセットは、ホッと息をつく。

広大な城の通路はひどく入り組んでいて、自室に戻るのも一苦労だ。与えられた部屋に入ると、召し使いたちがせっせと熱湯を運んで入浴の用意をしてくれていた。

その傍ら、フランセットは結い上げた髪を解き、ドレスを脱ぐ。美しいシルエットを出すためにあちこちをピンで留めているため、それをすべて取るのにひどく時間がかかった。

そのとき肌に鋭い痛みが走り、フランセットは思わず声を上げた。

「痛……っ」

見下ろすと、目の前に屈んでピンを除去していたウラリーが誤って肌に刺してしまったのだとわかった。

こちらをチラリと見上げた彼女は、何食わぬ顔で作業に戻りながら淡々とした口調で言う。

「――申し訳ございません」

本来なら、使用人が主の身体に傷をつけるなど言語道断だ。

平身低頭で詫《わ》び、それでも足らずに厳しい叱責を受けたり減給されたりするものだが、ウラリーの態度は不遜でこちらをまったく意に介した様子はなかった。それを見たフランセットは、ふいに彼女の目的を悟る。

（ウラリーは……わたしを主人として敬う気はないんだわ。彼女にとって本当の主はお義母さまで、わたしを雑に扱ってもいいと思ってる……）

ピンを刺したのはおそらくわざとであり、自身の考えをこちらに知らしめる意図があったに違いない。

ウラリーはそのまま作業を続け、フランセットのドレスを脱がせてシュミーズ姿にすると、素知らぬ顔で入浴の準備ができているかを確認しに行った。

やがて熱い湯が張られた浴槽に身を沈めたフランセットは、深くため息をつく。たった今の出来事で、自分が孤立無援であることを痛切に感じていた。せめて侍女のウラリーと心を通い合わせられれば状況は違ったかもしれないが、肌にピンを刺されたことで彼女が味方ではないことがわかってしまった。

（わたしがここから抜け出すには、早くクロードさまを殺すしかない。でもそれには準備がいる）

万が一、荷物を改められては困るため、輿入れに際して毒物の類《たぐい》は一切持ち込んでいない。

バラデュール家で生活をしながら彼の殺害に使う材料を集め、準備を進めて、実際に事を遂行するには最低でも三ヵ月はかかるだろう。差し当たっての問題は、この後の初夜だ。クロードとは夫婦になったのだから、閨を共にしないわけにはいかない。

そう覚悟を決めたフランセットだったが、彼はパーティーが長引いているのかなかなか寝室に来なかった。夫婦のベッドでしばらく待っていたものの、待ち疲れたフランセットは「少しだけ」と考えて横になる。

気がつけばそのまま深く眠っていたらしく、目が覚めたときは朝になっていた。一瞬自分がどこにいるのかわからず、目まぐるしく考えながら身じろぎすると、隣で眠っているクロードの姿が目に入る。

（そうだわ、わたし……）

――昨夜彼を待ったまま、眠ってしまったのだ。

そう思い出したフランセットは、咄嗟に自分の夜着に乱れたところがないかを確かめる。すると脱がされた形跡はなく、彼もシャツを着たままだった。

この状況から察するに、昨夜自分たちの間には何もなかったのだろうか。そんなふうに考えるフランセットの隣で、ふいにクロードが身じろぎする。そして瞼《まぶた》を開け、寝起きのかすれた声で言った。

「おはよう。よく眠れたか？」

「クロードさま、申し訳ございません、わたくし……」

乱れた黒髪の隙間から見える澄んだ青い瞳、少し気だるげな様子にどぎまぎしながら問いかけると、彼が身体を起こしつつ答える。

「昨夜は日付が変わる頃までパーティーが終わらなくて、私がこの部屋に来たのはかなり遅い時間だったんだ。フランセットが眠っていたのは無理もないし、気にしていないよ」

「そ、そうですか」

慌てて自らも身体を起こしつつ、フランセットは明るい朝の日差しの中で寝起きの姿を晒《さら》すのが恥ずかしくてうつむく。するとクロードが「それより」と言ってこちらの顔を覗き込んできた。

「昨日は帝都からリヴィエまで移動した後、挙式とパーティーが立て続けにあって疲れただろう。君は身体が弱いから、熱でも出さないか心配だ。今日は一日ゆっくりと過ごしたらどうかな」

これまで三ヵ月間、体調不良を理由に面会を断っていたため、彼の中ではフランセットはすっかり病弱だと思われているらしい。

無理もないと思いつつ、「その設定は使える」と考えたフランセットは、クロードと目を合わせないまま答えた。

「そうですね。……休ませていただけると助かります」

「気分がよくなったら、私が城の中を案内するよ。召し使いに気軽に声をかけてくれ」

彼が身支度のために寝室を出ていき、フランセットはホッとする。

同じベッドで眠ったものの、昨夜クロードとの間に何もなくて深く安堵していた。いかに覚悟を決めたとはいえ、男女の行為が未経験であるフランセットの心には恐怖心がある。しかも真に想う相手はフィリップであるため、彼以外の男性に身を任せることにひどく抵抗があった。

（今夜は「まだ疲れが抜けきれていない」と言えば、行為を回避できるかしら。病弱だという設定でいけば、しばらく先延ばしにするのは可能かも）

棚の上に置かれたベルを鳴らすと、ウラリーがやって来て身支度を手伝ってくれる。

昨夜彼女にピンを刺された記憶は生々しく、会話はまったくなかった。ウラリーは無駄口を一切叩《たた》かずに洗顔に使うためのぬるま湯を運び、洗面器に注ぐ。

その後はドレスに着替え、髪を結い上げてもらった後、朝食を取るべくダイニングに向かった。すると城内の廊下は多くの使用人たちが行き交い、宿泊した客の部屋に湯を運んだり、昨夜のパーティーの後片づけをしたりと忙しく立ち動いている。

「おはようございます、奥さま」

　ダイニングのテーブルに着くと、家令のラシュレーがやって来て折り目正しく挨拶をし、顔を上げて言う。

「昨日の疲れもあってあまり体調が優れぬようだと、先ほど旦那さまから伺いました。もし必要とあれば医師を呼びますので、遠慮なくお声をおかけください」

「ありがとうございます」

　目の前に並べられた朝食は野菜が入った温かいスープと卵料理、こんがりと炙《あぶ》ったソーセージ、焼き立てのパンで、旬の果物も添えられている。ダイニングにはクロードの姿はなく、ラシュレーいわく既に朝食を終えて出掛けたらしい。

（わたしの支度に時間がかかったせいだわ。顔を合わせずに済んでホッとしたけど、妻としてはちゃんと見送るべきよね）

〝妻〟としての務めをどこまで全うするべきか、フランセットは思い悩む。

　いずれクロードを殺害してその後この屋敷を出るなら、彼との関係を深めないほうがいいのだろうか。それとも極力バラデュール家に馴染むように努めたほうが、いざというときに疑われないだろうか。

（安全策は、後者だわ。もし周囲に悪妻と思われるような振る舞いをしていたら、クロードさまが亡くなったときに真っ先にわたしが疑われてしまう。それはカスタニエ家にとって利とならないんだから、上手く立ち回らないと）

そう考えたフランセットは、一礼してダイニングを出ていこうとしたラシュレーに「あの」と声をかける。

「クロードさまは、何時にお戻りなのでしょうか。わたくしにお城の中を案内してくださるとおっしゃっていたのですが、もしお忙しいようなら召し使いに頼んだほうがいいのではないかと思って」

するとそれを聞いた彼が、ニッコリ笑って答える。

「旦那さまは兵の鍛錬のため、練兵場に行かれております。午前十一時頃に終わる予定でございますが、奥さまに城内をご案内する役目はご自分がなさりたいと仰せになっておりました。ですから旦那さまがお戻りになるまで、お部屋でゆるりとお過ごしになってはいかがでしょう」

「わかりました」

朝食に手をつけつつ、フランセットは「クロードは、わざわざ自分で兵の鍛錬をしているのか」と考える。

帝国の貴族たちは有事の際に皇帝から参戦を命じられるため、それぞれの所領に千人単位の部隊を抱えている。カスタニエ家も所領であるソルボンに兵がいたが、フランセットが知る限り父も兄も練兵にはさほど熱心ではなく、すべてお抱えの騎士に任せていた。

その後、自室に戻ったフランセットは、日記を書いたり刺繡をして過ごす。やがて午前十一時を過ぎた頃、部屋の扉がノックされてクロードが姿を現した。

「ごきげんよう、フランセット。身体の具合はどうかな」

フランセットは慌てて立ち上がり、挨拶する。

「おかえりなさいませ、クロードさま。お出迎えもせず申し訳ございません」

「気にするな。それより顔色がよくて、安心した。城内を一緒に回れそうかな」

「はい。お願いしてもよろしいでしょうか」

「もちろんだ。では、行こう」

＊＊＊

リヴィエにあるデュラン城は目の前に美しい湖があり、ワインで有名なアルシェも近い、風光明媚《ふうこうめいび》な場所だ。

一五〇年ほど前に建てられ、増改築を繰り返していて、複数の尖塔と中庭、美しい庭園がある。その城の主であるクロード・エルヴェ・バラデュールは、隣を歩くフランセットの様子をそっと窺った。

（城内の案内に応じるなんて、少々意外だ。……てっきり断られると思っていたのに）

彼女との縁談が持ち込まれたのは、三ヵ月余り前だ。当時のクロードは父から公爵位を継いで一年が経った頃で、未婚ということもあって持ち込まれる縁談は引きも切らなかったものの、熟考の末にカスタニエ家の申し出を受けた。

フランセットは現在十八歳だが、これまで社交の場にほとんど出てこなかったため、その人となりは謎《なぞ》に包まれていた。会ってみると、癖のない蜂蜜色の金髪と緑の瞳、咲き初めの薔薇を思わせる可憐《かれん》な美貌を持つ女性で、物腰の上品さはいかにも深窓の令嬢と呼ぶにふさわしい。

だが如何《いかん》せん内気で、こちらが話しかけても小さな声で最低限の返答しかしなかった。婚約後、クロードは何度もフランセットを夜会や茶会に誘ったものの、彼女は「体調が悪く、お会いすることはできません」という手紙を寄越し、結局挙式の日まで一度も応じず仕舞いだった。

（いくら何でも、誘った日すべてが体調不良だったとは思えない。意図してすべてを断っていたんだろう）

今回の結婚はカスタニエ家からの申し出を受けた形で成立したものだが、おそらく先方はこちらを快く思っておらず、社交の誘いを袖にし続けることで「自分たちの家のほうが格上だ」ということを示したかったに違いない。

現にカスタニエ公爵夫妻と夜会で顔を合わせたことがあったが、公爵自身は「娘は身体が弱いため、なかなかお会いできず申し訳ない」と気まずそうに謝罪してきたものの、夫人のほうはどこか居丈高な態度だった。

『娘もバラデュール卿にお会いしたいのは山々のようなのですが、体調ばかりはどうにもならないものでございますでしょう。懲りずにお誘いいただけるとうれしいですわ』

昨日バラデュール家に輿入れしてきたフランセットは、血色もよく元気そうだった。最高級の生地で造られた婚礼衣裳がよく似合い、お祝いのために駆けつけた貴族たちはこぞって「美しい花嫁だ」と褒めそやしたが、当の本人は伏し目がちでほとんど会話をせず、パーティーの後半には招待客からヒソヒソされていた。

昨夜クロードが夫婦の寝室に行くのを遅らせたのは、わざとだ。婚約後に交流がなかったせいか、彼女はこちらにまったく心を開いていない。そんな状況で初夜を迎えても、女性は苦痛だろうと判断してのことだった。

(だが、こうして私が「城内を案内する」という申し出は受けてくれている。少しは関係が

進展したと考えていいのかな)

そんなことを考えながら廊下を歩き、クロードはフランセットに向かって説明した。

「この城は私が生まれた頃に父が購入したもので、築年数は一五〇年ほどだ。何度も増改築を繰り返していて、内部はかなり入り組んでいる」

「そうですか」

「私とフランセットの私室や寝室があるこの階は、城の三階だ。これより上には家令や召し使い、騎士たちの部屋があり、外の敷地内に厩舎《きゅうしゃ》、鍛冶場や練兵場の他、礼拝堂もあるな。兵たちが住まう兵舎は、城の外の近いところにある。順番に見ていこう」

飾り棚がいくつも置かれ、分厚い絨毯が敷かれた廊下を進み、階下に下りる。

一階はエントランスホールの他に厨房《ちゅうぼう》や食料品や酒の貯蔵庫、かつての城主が使っていた謁見の間、昨夜祝賀パーティーを開いた大広間があり、壁面や柱には聖人や草花を象った精巧な木彫り装飾がびっしりと施されていて、大きなシャンデリアが絢爛豪華《けんらんごうか》な雰囲気を醸し出していた。

二階は趣向を凝らした豪華な客間やいくつかの小広間、それに音楽堂や撞球室、書庫など、賓客の宿泊や城主家族の娯楽のために使用する部屋ばかりが集まっている。

重厚でありながら贅を尽くした雰囲気の城内を眺め、フランセットが感嘆のため息を漏らした。

「すごいですね。どこを見ても優雅で」

「前の城主の趣味がかなり反映されているが、私の父がそれを気に入って購入したんだ。ただ、両親が帝都レナルで静養するようになってからは住んでいるのは私一人だから、少々広さを持て余していた。君が来てくれてうれしいよ」

　廊下を進むたびに行き交う召し使いたちが丁寧に頭を下げ、彼女がそれに恐縮した様子で視線を泳がせている。それを見たクロードは、「公爵令嬢なのに、彼女は人に傅《かしず》かれるのに慣れていないのか」と意外に思った。フランセットが小さな声で問いかけてくる。

「あの、このお城で働く人の数はどのくらいいるのでしょう」

「そうだな。城の一切を取り仕切る家令を筆頭に、侍従や小姓、召し使い、料理人、司祭、城住みの騎士、馬丁、医師などで、ざっと二〇〇人ほどだ」

　城から馬で五分ほどのところには兵舎が点在し、そこで三〇〇〇人の兵士たちが生活している。彼らは普段、城の門番や警備を交代で行っており、その他に所領内の巡回や帝国に要請された国境警備の任にも当たっていた。

　そんなふうに説明しながら練兵場に向かうと、こちらに気づいた兵たちが居住まいを正して言った。

「閣下、練兵は先ほど終了いたしましたが、いかがなされたのですか？」

「妻は昨日城に来たばかりで、まだ敷地内や内部の造りを把握していないため、私がこうして案内しているんだ」

「奥方さま……」

彼らの視線がフランセットに向けられ、一斉に跪いて臣下の礼を取る。驚く彼女に、クロードは説明した。

「彼らはバラデュール家が抱える兵士たちだ。有事の際は、私に仕える騎士や各小隊長の指揮のもと、前線で戦うことになる」

「そ、そうなのですね……」

「皆、気のいい者たちだし、いざというときは私の妻である君を必ず守ってくれるから、安心してくれ」

クロードは次に厩舎に向かい、馬丁に一頭の黒馬を連れてきてもらう。そしてその馬の首を撫で、フランセットに向かって言った。

「これは私の愛馬のユーグだ。リヴィエと帝都を行き来するときに乗ったり、戦《いくさ》にも一緒に出る。よかったら跨《また》がってみないか」

「えっ？」

クロードの言葉を聞いた彼女はびっくりした様子で顔を上げ、ひどく狼狽して答える。

「わ、わたくしは馬に乗ったことがございませんし、ご迷惑ですから……」

「ユーグは穏やかで利口な馬だから、暴れる心配はない。さあ」

鞍《くら》と鐙《あぶみ》を着けたクロードは、フランセットの身体を支えながら鞍上に乗せてやる。

ドレスのため横向きに座った彼女は、目を丸くしてつぶやいた。

「すごく高いのですね。この馬は、走ると速いのですか？」

「ああ。速いし、とても勇敢だ」

もっと怯えるかもしれないと考えていたものの、フランセットは目をキラキラさせており、クロードは内心「ふうん」と考える。

（病弱で内気な性格だと思っていたのに、こんな顔をするとは。実は好奇心が旺盛なのか？）

そんなふうに考えながら、クロードは彼女に提案した。

「今度フランセット用に、小さめの馬を見つけてくるよ。乗馬の練習をして、いつか一緒に遠乗りに行くのを目標にしよう」

「わたくしが、ですか？」

「ああ。女性が馬に乗るのは珍しくないし、晴れた日に風を受けながら走るのは、いい気分転換になる。体力もつくだろうから、いいことづくめだ」

そのためには、女性用の鞍や乗馬ドレスを用意しなければならない。

その後、クロードは城の中に戻りつつフランセットを見つめて言った。

「私は普段、帝都レナルとリヴィエを頻繁に行き来している。議会や社交があるときには帝都で、それ以外はリヴィエの領主として仕事をする形だな。私の妻として君に求めたいのは、この城の切り盛りだ」

領主の奥方の役割は、家令と協力しながら召し使いたちに指示を出し、家政全般を取り仕切ることらしい。

夫が城を空ける際には代わりに領主の仕事を行うこともあり、所領内のさまざまな状況に通じてなくてはならない。客人のもてなしも重要な仕事で、貴族や地方郷士と夜会や茶会を通じて交流することが求められる。

「一朝一夕にできることではないから、急がずじっくりと覚えていってほしい。貴族の夫人は芸術家を集めてサロンを主宰したり、楽士と一緒に音楽に興じたりする人も多いから、君も余裕ができたらそういう楽しみを見つけていけばいい」

「は、はい」

フランセットがどこか不安そうに返事をして、クロードはその表情に庇護欲《ひごよく》をそそられる。

十歳年下の彼女は可憐な容貌とほっそりした体形の持ち主で、人妻という感じはまったくしない。

（……実際、初夜もまだだしな）

昨夜はフランセットの体調を慮《おもんぱか》って何もせずに眠ったが、今夜はどうだろうか。

頭の隅でそんなことを考えながら、クロードは彼女に向かって微笑む。

「この後は、昼食を一緒に取ろう。一度部屋に戻るか？」

「はい」

「では送っていくよ」

【第三章】

エントランスホールの階段のところで別れ、クロードがこちらに背を向けて去っていく。

それを見送りながら、フランセットは複雑な気持ちを持て余した。

（このお城は増改築を繰り返しただけあって、中が相当入り組んでる。わたし、造りをちゃんと覚えられるかしら）

「奥さま、お部屋までご案内いたします。こちらへどうぞ」

クロードに「フランセットを、部屋まで連れていってやってくれ」と頼まれた召し使いがにこやかにそう告げてきて、フランセットは彼女の後について歩き出す。

廊下を進みながら、先ほどの彼の言葉を反芻《はんすう》した。このデュラン城では約二〇〇人の使用人が働いており、クロードの妻であるフランセットは家令と協力して城の切り盛りをしなくてはならないという。

今回の結婚に際し、彼をどうやって暗殺するかで頭がいっぱいだったフランセットは、自分がそのような仕事を任されることはまったく想定していなかった。

（わたし、恥ずかしい。公爵夫人になるということはそれなりの責任を伴うはずなのに、実際の生活について何ひとつ考えてなかったなんて）

これだけの規模の城で家政に関する采配を振るい、貴族や地方郷士と誼《よしみ》を通じなければならないのだとしたら、公爵夫人は大変な仕事だ。

クロードを暗殺するためには、さまざまな準備がいる。この城の造りを把握するのはもちろん、人間関係や生活パターンを考慮しながら彼が無防備になる時間を調べたり、毒殺に使う毒を密《ひそ》かに調達したりと、やることが目白押しだ。だが完遂するまでに数ヵ月の時間を要するなら、クロードの妻としての務めをおろそかにできない。

（クロードさまを暗殺したときにわたしが真っ先に怪しまれないためには、この環境に馴染んで周囲から良妻だと思われることが必要になる。だったらわたしは、あの方から言われたことができるように頑張らないと）

その日、昼食を終えたフランセットは、家令のラシュレーに「城の業務を教えてほしい」と申し出た。すると四十代前半で痩身の彼は、ニッコリ笑って答えた。

「奥さまがそのようにおっしゃってくださるなら、わたくしはどのようなことでも喜んでお教えいたします。わからないことがございましたら、遠慮せずどんどん質問なさってください」

まずは「城の中でどのような部署があり、どれだけの使用人が働いているかを把握することが必要だ」と言われたフランセットは、ラシュレーから講義を受けた。

そして食料貯蔵庫と酒蔵、厨房にはそれぞれの管理者がいること、厨房には料理長の下にパン焼き職人やソースの係、お菓子を作る係などの専門職があり、銀製の食器を管理する者がいること、礼拝堂の司祭には仕える専任の者が数人いること、衣裳部屋係はクロードやフランセットの衣服を適切に管理していることなどを説明される。

他にもさまざまな職種の使用人がいるが、「今日はここまでにいたしましょう」と言われ、一時間ほどで講義を終了した。自室に戻ったフランセットは、言われたことを忘れないように紙に書きつけながら考える。

(一口に使用人といっても、いろいろな仕事があるのね。人員を適切に配置して作業を割り振り、その仕事の成果にまで気を配らなくてはならないのだから、本当に大変だわ)

夕食後に入浴した後、フランセットは寝室でラシュレーに借りてきた帳簿をめくり、部署ごとにどれだけの予算が割り振られているかを年単位で眺めていた。

そうするうち、長椅子にもたれて眠り込んでいたらしい。ふいに肩に触れられたフランセットは、ぼんやりと目を開ける。するとクロードがこちらを見下ろしていて、慌てて身体を起こした。

「く、クロードさま、おかえりなさいませ。わたくし、つい居眠りを……」

「それは構わないが、風呂上がりにこんなところで寝ていては風邪を引く。寒くはないか？」

　確かに足先は少し冷えていたものの、フランセットは肩に掛けたショールを引き寄せ、「大丈夫です」と答える。まさか彼に寝顔を見られるとは思わず、ひどく動揺していた。しかも自分は薄い夜着姿で、今さらながらにクロードの視線を意識する。

　彼はフランセットの膝の上にある帳簿に目を留めて言った。

「帳簿を見ていたのか。早速勉強してくれているんだな」

「はい。まだ基本的なことだけですが、お城の運営の大変さがわかって驚いています。わたくしがこれまで勉強してきたこととはまったく分野が違うので、とても新鮮です」

「今までは、どういうことを学んできたんだ？」

　ふいにそんなふうに問いかけられて、フランセットはドキリとする。本当は毒物や暗殺に関することを専門に学んできたものの、そうとは言えず、誤魔化した。

「語学や歴史……それに、芸術などです。他に音楽や刺繍も学びました」

「そうか。貴族令嬢だものな」

長椅子の隣に腰を下ろしたクロードが、こちらを見つめて微笑む。

「フランセットはほとんど社交に出なかったから、どういう令嬢なのかときどき夜会で噂《うわさ》になっていた。私は兄君のフィリップ卿とは何度か言葉を交わしたことがあるが、君たちはあまり顔が似ていない兄妹なんだな」

「そ、そうですね。兄とは違って、わたくしは地味ですので」

突然彼の口から兄の名前が出て、フランセットは狼狽しながら小さく答える。するとクロードが「いや」と否定した。

「君は可憐で花のように美しいんだから、そのように自分を卑下する必要はない」

「えっ？」

幼少期より、事あるごとにミレーヌから「フィリップと比べて、あなたはまったく見栄えがしない」「陰気な性格が顔に出ていてイライラするわ」と言われてきたため、フランセットは自分の容姿に自信がなかった。

おそらくクロードは、こちらに気を使ってそう言ってくれているだけに違いない――そう解釈したものの、彼は続けて意外なことを言った。

「フランセットはこんなにきれいなのに、それほどまでに自己評価が低い理由がわからない。だが私が妻として愛すれば、少しは自信がつくんじゃないか」

「あ……っ！」

ふいに身体を抱き寄せられ、フランセットの心臓が大きく跳ねる。

昨日のダンスのときも思ったが、クロードの身体は見た目よりしっかりしていて硬く、女性とはまるで違う骨格なのだと如実にわかった。

（どうしよう、わたし……）

彼に身を任せるのが妻としての務めだと承知しつつも、にわかに怯えの気持ちがこみ上げていた。フランセットは何とか身をよじろうとしながら、慌てて訴える。

「クロードさま、あの……っ」

その瞬間、クロードが唇を塞いできて、くぐもった声が漏れる。

ぬるりとした舌が口腔に入り込み、初めての感触にフランセットは目を見開いた。彼は舌の表面をゆるゆると絡ませ、少しずつ奥まで侵入してくる。口の中をいっぱいにされたフランセットは、小さく呻いた。

「う……っ、んっ、……ふ……っ」

苦しくて何とかクロードの胸を押し、わずかに距離を取る。すると彼がこちらの濡れた唇を親指で拭い、ささやいた。

「――ベッドに行こうか」

「あ、……」

こちらの身体を軽々と抱き上げ、クロードが夫婦のベッドへと向かう。

そのまま押し倒されるのかと思いきや、彼はベッドの縁に座り、フランセットを自身の膝の上に横抱きにして言った。

「君は初めてなんだから、乱暴にするつもりはない。私に身を任せてくれ」

クロードの大きな手がフランセットの脚に触れ、撫で上げながらつぶやく。

「細くてすんなりした、きれいな脚だ。手触りも極上だな」

「……っ」

夜着の裾を少しずつまくり上げられ、太ももがあらわになる。

こういうときにどう反応していいかわからず、フランセットの心臓は破裂しそうにドキドキしていた。このままクロードに抱かれるのが、怖くてたまらない。心にはフィリップの面影が常にあり、彼以外の男性に触れられたくはなかった。

（でも……）

自分がクロードの〝妻〟である以上、閨での行為を拒むわけにはいかない。

そんなことを考えているうちに彼の手はレースでできた下着に触れ、生地越しに花弁を擦っていた。そして横から中に指を侵入させ、直に触れてくる。

「……っ」

武骨な指が花弁をなぞり、フランセットはかあっと頬を紅潮させる。

何度か行き来されるうちに蜜口がヒクリと蠢き、愛液をにじませ始めていた。そのぬめりを纏《まと》わせながら秘所の上部にある尖りを押し潰されると、甘い愉悦がこみ上げて思わず腰を跳ねさせる。

「あっ……！」

敏感なそこはみるみる硬くなり、クロードの指に押し潰されるたびにじんと疼いた。

恥ずかしさと混乱で、フランセットは彼の胸元にぎゅっとしがみつく。するとますます花芽を弄《いじ》られ、切れ切れに声を漏らした。

「ぅっ……んっ、……ぁ……っ」

気づけば蜜口がしとどに潤み、粘度のある蜜を零し始めている。クロードはそれを塗り広げ、やがて中にゆっくりと指を埋めてきた。

「うぅっ……」

硬くゴツゴツとした指が隘路に侵入し、強烈な異物感にフランセットは眉根を寄せる。

わずか一本でも挿れられるのが怖く、隘路がきゅうっと締めつけたが、彼は抜こうとしなかった。それどころかこちらの頤を上げ、覆い被さるように唇を塞いできて、フランセットは目を見開いた。

「ん……っ」

舌同士を絡ませながら隘路で指を抽送され、淫らな水音が響く。逃れようにも横抱きにされながら唇を塞がれていて、まったく身動きが取れなかった。しかも中に入れる指を増やされ、一気に圧迫感が増して、フランセットの目にじわりと涙がにじむ。

「はっ……ぁっ、……んぅっ……」

指と同じくらいに深く口腔を犯され、熱い舌に蹂躙《じゅうりん》されながらフランセットは喘ぐ。

体内を行き来する指が怖く、何とか動きを止めようと太ももに力を込めるが、クロードがより深く埋めてきて最奥をぐっと押し上げた。

「んぁっ！」

ビクッと身体が震え、愛液の分泌が一気に増えて、彼が抽送を激しくする。

太ももに指が食い込むほど奥まで突き入れ、掻き回されて、聞くに堪えない水音が立った。

気がつけばそこはぬるぬるになっており、指の動きを容易にしていて、クロードが秘所を見つめながらささやいた。

「君の中は狭いが、よく濡れる。まずは達《い》くことから覚えようか」

（いく？　いくって、どこに……？）

上気した顔で息を乱し、朦朧《もうろう》とした頭でそんなことを考えていると、彼がフランセットの耳元で言う。

「そのまま力を抜いて、私の指を素直に受け入れるんだ。痛くはないだろう?」

「んっ、あっ」

ぐちゅぐちゅと指を抽送され、次第に切羽詰まった感覚に追い詰められたフランセットは、クロードのシャツを強くつかむ。

自分がこれからどうなるのかわからず惑乱していると、再び唇を塞がれた。

「ん――……っ……」

根元まで埋めた指で最奥を押し上げられた瞬間、強烈な快感がパチンと弾け、フランセットは達していた。

指を受け入れた隘路が痙攣《けいれん》し、内壁がこれ以上ないほど締めつけている。奥から熱い愛液がどっと溢れ出して、彼の手のひらまで濡らしているのがわかった。

「は……っ、ぁ、はぁっ……」

唇が離れると唾液の透明な糸が引き、フランセットは荒い呼吸を繰り返す。

甘い快楽の余韻が、じんわりと身体に伝播《でんぱ》していた。いまだに挿入されたままの指を内部が断続的に締めつけ、緩やかに行き来されると柔襞がぬちゅりと音を立てて絡みつく。

その感触を愉《たの》しむようにしばらく中で指を動かした後、彼がようやく引き抜いた。すると蜜口からトロリとした愛液が溢れ、クロードがねぎらうようにこちらの目元に口づける。

「いい子だ。上手に達けたな」

「……ぁ……」

この後は、一体何をされるのだろう。

そう考えていたフランセットだったが、後始末をしたクロードはこちらの夜着を元どおりに直し、ベッドに横たわった。彼の腕に抱き寄せられ、肩まで掛布で覆われたフランセットは、戸惑いながら「あの」と口を開く。

「ん？」

「閨事には、まだ続きがあるのではないのですか？　その……クロードさまの身体の一部を、わたくしの中に挿れるのだと聞いたのですが……」

カスタニエ家を出る前の日、年嵩《としかさ》の召し使いからそう教わってきたフランセットは、口にした直後に羞恥でいっぱいになる。

女の身で夫に直接こんなことを聞くのは、きっとはしたないに違いない。そんな考えが頭に浮かび、「やっぱりいいです」と撤回しようとした瞬間、彼が口を開いた。

「続きはあるが、今日はしようとは思わない。このまま寝よう」

「そんな、どうして……」

「フランセットと私は出会ってからまだ日が浅く、互いの人となりを深く知るに至っていない。女性は初めての行為に苦痛があるというし、いくら結婚したとはいえよく知らない男に突然そういうことをされるのは、恐怖心があるだろう」

「それは……」

確かにフランセットは、クロードと閨を共にすることに恐怖心を抱いていた。

フィリップを愛しているからというのも大きな理由だったが、それ以上に自分と体格がまったく違う彼に最初から怯えの感情をおぼえていた。クロードがこちらのそうした気持ちを汲《く》み、あえて最後まで好意をしなかったのだと知って、フランセットは驚く。

彼が言葉を続けた。

「私の元に嫁いできてくれた君に、できるだけ苦痛を与えたくないんだ。こういった問題は非常にデリケートで、最初に拗《こじ》れてしまえば気持ちを修復するのは難しくなる。縁あって夫婦になったのだから、私はこの先もフランセットと上手くやっていきたい。だから慣れるまでは、君に快楽だけを知ってほしいと思っている」

あまりに思いがけないことを言われ、フランセットは目を瞠《みは》る。まさかこんなに細やかな気遣いをされるとは思わず、何と答えていいかわからなかった。そんな様子を見つめ、ふと微笑んだクロードが、フランセットの乱れた髪を撫でて言った。

「今日はもう休もう。おやすみ」

「………。おやすみなさいませ」

＊　＊　＊

しばらく居心地が悪そうに身体を固くしていたフランセットが、やがて寝息を立て始める。

彼女に腕枕をしてやりながら、クロードはその寝顔をしげしげと観察した。

（睫毛《まつげ》が長い。これだけの美貌なら社交に出れば注目の的だったろうに、カスタニエ公爵はなぜフランセットを屋敷から出そうとしなかったんだろう）

貴族の令嬢は十六、七歳くらいに社交界デビューし、結婚相手を探す。

しかしフランセットは十七歳のときに一度皇帝主催の夜会に出たきり、ほとんど公式の場には姿を現さなかったようだ。

理由は〝身体が弱いから〟というもので、婚約期間中も同様の言い訳をしてクロードに会おうとしなかったが、昨日と今日見るかぎりでは彼女はとても元気そうに見える。

城内を案内したときのフランセットは目をキラキラと輝かせ、クロードの説明ひとつひとつに感心していて、その無邪気さが可愛《かわい》らしかった。当初は消極的な対応をされるのを予想していただけに、熱心な様子がうれしく、思いのほか溌剌《はつらつ》とした様子が微笑ましい。

だからだろうか。先ほど出先から戻ったクロードは、寝室の長椅子でうたた寝していた彼女の身体に触れてしまった。床入りをしばらく延期しようと考えていたにもかかわらず、そうした行動に出たのは、フランセットに対して好感を抱いているからかもしれない。

（婚約して以降ずっと袖にされ続けていたから、てっきり彼女はこの結婚に乗り気ではないのだと思っていた。でも実際に会ってみると受け答えに棘はないし、素直な性格なのがわかる）

深窓の令嬢らしく彼女は男性に免疫がないようで、反応はひどく初心《うぶ》だった。

だが感じやすく、フランセットの甘い声に煽《あお》られたクロードは彼女を最後まで抱きたい衝動にかられたものの、すんでのところでそれをこらえた。

「いくら結婚したとはいえ、よく知らない男に突然そういうことをされるのは恐怖心があるのではないか」という考えに嘘《うそ》はなく、フランセットには極力苦痛を与えたくない。

今こうして彼女の寝顔を前にすると、自分の行動は間違っていなかったのだと思える。少しずつ距離を詰め、互いの間にあるわだかまりを解消した後、いずれ本当の夫婦になれたらいい。それまでは気長にいこうとクロードは心に決めた。

（今まで屋敷に引きこもって暮らしていたのなら、彼女はあまり娯楽を知らないのではないかな。だったら公務の合間に、外に連れ出してみるか）

だが本当に病弱だというのも否定はできず、体調を見ながら慎重に進めなくてはならない。

目元に乱れ掛かる蜂蜜色の髪をそっと指先で払ってやったところ、フランセットがわずかに身じろぎした。クロードは彼女の華奢な身体を改めて抱き寄せると、その柔らかさとぬくもりを感じながら目を閉じた。

バラデュール公爵の肩書を持つクロードの仕事は、帝都レナルで行われる議会に参加して帝国の予算や法整備などの審議を行うこと、そして所領として与えられているリヴィエの統治だ。

双方を行き来する日々は多忙で、リヴィエにいるときは所領内を回って整地や治水が必要な場所を視察したり、荘園を回って小作人たちの陳情を聞いたり、行政官や聖職者、地方郷士たちとの会合に参加して誼を通じるのが常だった。

他にも、兵士たちの練兵や演習に参加するのも重要な仕事で、護衛騎士三名が常に随行している。午後の時間帯、彼らを伴って城に戻ったクロードは、フランセットの部屋に向かった。そして自分の側近である騎士たちを彼女に紹介する。

「フランセット、彼らは私の護衛騎士だ。この城内に住み、常に私の傍近くにいて、有事の際は軍の指揮を執る。本当は結婚式のときも警護に当たっていたが、あのときは全員鎧兜《よろいかぶと》を着けていて顔が見えなかったため、紹介するのを見送ったんだ」

クロードが右からラングラン、アルノワ、シャリエだと説明すると、アルノワが進み出てフランセットの前に跪く。

「奥方さま、ご挨拶が遅れて申し訳ございません。エドアール・マルク・アルノワです」

彼女の手を取って甲に恭しくキスをし、アルノワが微笑んで告げる。

「我々は皆このリヴィエで生まれ育ち、幼少の頃よりクロードさまの遊び相手を務めておりました。長じてのちは騎士として叙任され、全員バラデュール家に忠誠を誓っておりますので、奥方さまの御身も身命を賭《と》してお守りする所存です。ご用がありましたら、何なりとお申しつけください」

「は、はい」

臣下の礼を取られたフランセットは戸惑ったようにクロードを見たものの、目が合うなりパッと赤面して視線をそらす。

それを見たクロードは、彼女のぎこちない態度の理由にふと思い当たった。

（そうか。昨夜のことを思い出して、私を意識しているのか）

昨日クロードは彼女の身体に触れ、途中まで行為をした。今朝はフランセットが起きる前に起床して公務に出たため、あれから顔を合わせるのはこれが初めてになる。

初心な彼女は、気恥ずかしさもあってこちらに対してどんな態度をとっていいかわからないのだろう。そう考えつつ、クロードはいつもどおりの顔でフランセットに提案した。

「フランセット、これからリヴィエの町に散策に出掛けないか？」

「えっ？」

「所領であるこの土地を、君に少しずつ紹介していきたいんだ。この三人が供をする」

彼女がしばし躊躇ったのち、小さく「……はい」と頷いて、支度のために侍女のウラリーと部屋を出ていく。それを見送り、ラングランが言った。

「婚約後に一度もクロードさまに会わないなんてどんな病弱な令嬢かと思ったら、意外に元気そうですね。やはりあれは、カスタニエ家がわざとやっていたってことですか」

子どものときからのつきあいのため、他人がいない場での彼らのクロードに対する態度は気安くなる。しかし発言の内容は主人の妻に向ける言葉としては礼を欠いていて、それを聞いたシャリエがすかさず「やめないか」とたしなめた。

「結婚式が済んだ今、奥方さまはバラデュール家の一員だ。無礼な口を利くのは不敬に当たるぞ」

「もちろん当人の前では言わないさ。でもな……」

なおも言い募ろうとするラングランに、クロードははっきり告げる。

「シャリエの言うとおりだ。お前の発言が、回り回ってフランセットの耳に入らないとも限らない。彼女を傷つける発言は、私に剣を向けるのと同じことだと弁《わきま》えろ」

クロードの声音から静かな怒りを察知したラングランは、表情を改めて謝罪した。

「失礼いたしました」

「フランセットが乗る馬車を、城門に回しておいてくれ」

「すぐに手配いたします」

三人が部屋を出ていき、クロードも着替えるためにベルを鳴らして侍従を呼ぶ。

やがて三十分後、外出の支度を整えたフランセットがエントランスホールに姿を現した。

彼女は淡いピンクの小花柄のドレスを身に纏っているが、馬車に乗るためにパニエのふくらみは控えめにしている。

頭には羽根と花を飾った帽子を被り、レースの手袋をしていた。それを見たクロードは、微笑んで言う。

「華やかで、よく似合っている。では行こうか」

「はい」

二人でバラデュール家の紋章が入った馬車に乗り込むと、家令のラシュレーと侍女のウラリー、そして召し使いたちが頭を下げて見送った。

三人の騎士たちは騎乗し、左右と後方で馬車を守る隊列を組む。やがて走り出した馬車の中、クロードはフランセットに問いかけた。

「今日は何をしていたんだ？」

「ラシュレーから、お城に関する講義を受けておりました。一ヵ月にどれだけのお金がかかってどういった予算配分がされているかを聞いたのですが、あらゆることがとても厳密に管理されているのだとわかって、驚きました」

「そうだな。私の妻である君は家令の仕事を監督する立場にあるが、帳簿のすべてに目を通す必要はない。だが、どういう形で城が運営されているかを知っておくことは必要だ」

先ほどラシュレーから、「奥さまは、とても熱心にわたくしのお話を聞いておられます」という報告を受けたクロードは、フランセットが思いのほか真剣に妻の仕事に取り組んでくれていることがわかり、うれしくなった。

城を出てから二十分ほど走ると、馬車はリヴィエの城下町に入る。馬車を止めさせたクロードは、フランセットに降りるように告げた。

「ここからは徒歩で行こう。私の腕につかまって、離れないように」

「は、はい」

彼女が遠慮がちにこちらの肘に触れ、クロードは護衛騎士たちを伴って歩き出す。

外は春らしい穏やかな陽光が降り注ぎ、暖かかった。行き交う人々も薄着が多く、町の中はひどく活気がある。食事ができる酒場や宿屋、色とりどりの野菜やハーブ、新鮮な肉や魚の専門店、燻製肉《くんせいにく》を扱う店や茶葉店の他、穀物やパン、チーズ、香辛料、金物や装身具を扱う店、武器屋や服屋、家畜店など、さまざまな店舗が軒を連ねていた。

周囲を見回したフランセットが、目を瞠ってつぶやく。

「一昨日、馬車で通り過ぎたときも思いましたけど、ここはとても大きな町なのですね」

「帝都レナルに隣接しているから、このリヴィエにはさまざまな行商人が通る。そのため、他の町より品物が充実しているんだ」

石畳を踏みしめて歩くと、道行く領民たちが「公爵閣下だ」と言いながらこちらに視線を向けてきて、フランセットが不安そうな顔をする。クロードは彼女を見下ろし、安心させるように告げた。

「大丈夫だ。彼らはこちらの顔を知っているが何もしてこないし、いざというときは私やアルノワたちが君を守る」

「……はい」

通りを歩くうち、最初は緊張していたフランセットは次第にリラックスし、陶器店の店先に並ぶ器を興味深く眺めたり、家畜店の店先でけたたましく鳴く鶏を見て驚いたりするようになった。それを微笑ましく思っていたクロードは、ふと一軒の店に目を留める。そして足を止め、店主の女性に向かって告げた。

「そのパイを、二つくれるかな」

「はい、お待ちください」

女性がパイを紙に包み、差し出してくる。代金を払ったクロードは、それをフランセットに手渡して言った。

「甘いものが好きなら、食べてみるといい」

「えっ、あの、ここでですか？」

目を白黒させる彼女に頷き、クロードは答える。

「そうだ。こんなふうに」

目の前でお手本とばかりにパイに嚙みつくと、それを見たフランセットはしばし呆然とする。貴族令嬢である彼女はこんなふうに路上で物を食べたことはなく、周囲の目が気になるに違いない。

だが意を決した様子で遠慮がちにパイに口をつけ、びっくりした顔でつぶやいた。

「……美味《おい》しいです」

「そうだろう」

焼きたてのパイはサクッとした歯触りで、バターのいい香りが漂い、刻んだ無花果《いちじく》や干し葡萄、林檎《りんご》などが入っている素朴なものだった。

茶会の席でこうしたものが出てくればナイフとフォークを使って上品に食べるが、こうして町中で出来たてにかぶりつくのも乙なものだ。パイをもう一口頬張ったフランセットが、目を輝かせて言う。

「わたくし、外で物を食べたのは初めてです。でも自由な感じがして楽しいですね」

「市井《しせい》の人間がそうしているのを見て、私も真似《まね》したくなってしまったんだ。今はときどき騎士たちと一緒に酒場に入ったり食事をしたりと、息抜きをしている」

「そうなのですね」

彼女の表情は無邪気そのもので、初めての経験にすっかり興奮しているのがわかり、クロードはふと微笑む。

（……可愛いな）

気位の高い令嬢なら、「わたくしはそのような物は口にいたしません」と言って眉をひそめてもおかしくないが、フランセットはそういうタイプではなさそうだ。

その後、城下町の中をゆっくりと散策し、一時間ほど経った頃にクロードは彼女と共に馬車に乗り込んだ。そして隣に座るフランセットに問いかける。

「疲れてはいないか？　体調は」

「大丈夫です」

「君はさっき陶器店の前で足を止めていたが、リヴィエから馬車で三十分ほどのところに陶器で有名なエローという村があるんだ。そこでは土から器を生成したり、焼き上がったものに絵付けをする様子を見られる。興味があるなら今度一緒に行こうか」

するとと彼女が眉を上げ、こちらを見る。

「よろしいのですか？」

「ああ」

フランセットは期待と戸惑いが入り混じった何ともいえない表情をしていて、思いのほか感情豊かなその様子にクロードはぐっと気持ちを引きつけられる。

腕を伸ばして小さな手を握ると、彼女がドキリとしたように肩を揺らした。クロードは前を見つめ、微笑んで言う。

「近いうちに、公務のやり繰りをして時間を作る。楽しみにしていてくれ」

【第四章】

馬車が城に到着して間もなく、馬に乗り換えたクロードは三人の騎士たちを伴って公務に出掛けていった。それを見送り、自室に戻ったフランセットは、ウラリーに着替えを手伝ってもらいながらじっと考える。

(クロードさまはわたしにリヴィエの町を案内するために、わざわざお城に戻ってきてくれたのかしら。忙しい公務の合間に)

彼の面影を思い浮かべ、フランセットの頬がじんわりと熱を持つ。

外出しているあいだ、フランセットは恥ずかしくてクロードの顔を見ることができなかった。理由は昨夜の、閨での行為だ。うたた寝しているところにやって来た彼はフランセットの身体に触れ、これまで知らなかった快楽を与えてきた。

(男女の行為って、あんなことをするの？　クロードさまは途中でやめてくれたようだけど……)

指で体内を穿たれながら濃密なキスをされ、自分の身体を制御できなくなる感覚は鮮烈で、今もじんわりと余韻が残っている。

それ以上にフランセットの心を揺さぶったのが、クロードの言葉だ。「私の元に嫁いできてくれた君に、できるだけ苦痛を与えたくない」という発言には気遣いがにじんでいて、まさかそんなふうに考えていてくれたとは思いもよらず、胸が苦しくなった。

（クロードさまは、わたしを〝妻〟として大切にしてくれようとしている。でも、わたしは……）

リヴィエの町を散策したときは彼と一緒に行動することに気まずさをおぼえていたものの、たくさんの店を眺めたり焼きたてのパイを頬張るのは新鮮で、気がつけばフランセットは初めての外出を楽しんでいた。だがそんな自分に、ひどくモヤモヤする。

（わたしがここに嫁いできた目的は、クロードさまを殺害することのはず。それなのに外出を楽しんでいていいの？）

それとも、怪しまれずに事を進めるためには、夫であるクロードとある程度打ち解けたほうがいいのだろうか。

そんなふうに思案しながら外出着を脱ぎ、普段着のドレスに着替え終えたところで、ウラリーがテーブルの上に置かれた包みに目を留める。

「どうなさったのですか？　これは」

彼女が包みを手に取って問いかけてきて、フランセットは説明する。

「先ほどリヴィエの町で、クロードさまが帰り際に焼き菓子を買ってくださったの」

「町中の、市井の人間が使う粗末な店でお買い求めになったのですか？　このような安っぽいもの、公爵夫人にはふさわしくありません。わたくしのほうで処分しておきます」

ウラリーが眉をひそめながら包みを持ち去ろうとして、フランセットは慌ててそれを押し留《とど》める。

「待って。せっかくクロードさまが買ってくださったのに、処分するだなんてひどいわ。わたくしがちゃんといただくから」

するとと彼女はこちらを見下ろし、居丈高に言う。

「フランセットさまは、ご自身の目的をお忘れになったのですか？　このたびのご結婚に際し、あなたには奥さまより重大な密命が下されているはずです」

「ウラリー、あなたはお義母さまがわたくしに何を命じたか、その内容を知っているの？」

フランセットが驚いて問いかけると、ウラリーは当然と言わんばかりの表情で答えた。

「わたくしは元々奥さまにお仕えする侍女、今回の輿入れに同行するように命じられた折、バラデュール家に嫁いだフランセットさまが無事にお役目を完遂できるまで傍で監視するように申しつけられております。あなたさまがこちらでどのように振る舞われているか、奥さまに逐一手紙でご報告する予定です」

　彼女は目を細め、「ですから」と言葉を続けた。

「フランセットさまがいつまでも事を遂行しなかったり、万が一バラデュール公爵に計画を漏らすようなことになれば、奥さまが黙っておりません。わたくしの目は、奥さまの目も同然。生きてカスタニエ家にお戻りになられたいのであれば、すみやかにお役目を果たされることをお勧めいたします」

　まるで〝失敗すれば命はない〟と言わんばかりのウラリーの言葉に、フランセットは青ざめる。

　ミレーヌとフィリップは本気で次期辺境伯の地位を欲し、そのためにはどんなことでもするつもりでいるのだろう。そのためにフランセットをクロードの元に輿入れさせ、監視役としてウラリーを付けた。

（つまりわたしには、逃げ場がない。こちらの行動をウラリーが逐一お義母さまに報告するつもりなのだから）

　フランセットは唇を引き結び、瞳を揺らす。そして顔を上げ、彼女を見つめて告げた。

「わたくしは自分の役目を忘れてはいません。ですが輿入れに際しては見つかることを警戒し、毒物を一切持ち込んでいないのです。そのため、必要なものを揃えるには準備がいります」

「…………」

「それにすぐに行動を起こしては、妻であるわたくし、ひいてはカスタニエ家が実行犯として疑われてしまいます。それを避けるためには、数ヵ月かけてクロードさまの懐に入り込んで警戒心を解くこと、そして周囲に良妻だと印象づけておくことが必要です。ですからしばらくは、わたくしの行動を黙って見守ってもらえませんか」

ウラリーが、探るような眼差しでこちらを見る。

フランセットが視線をそらさずにいると、やがて彼女が小さく息をついた。

「――わかりました。ですがわたくしがフランセットさまの行動に常に目を光らせていることを、どうかお忘れなきようお願いいたします」

そう言ってウラリーが脱いだ外出着と装身具を抱え、部屋を出ていく。それを見送ったフランセットは、かすかに顔を歪めた。

(ウラリーが、わたしがクロードさまを暗殺するのを見届けるための監視役だったなんて。……お義母さまは何としてもわたしに目的を完遂させるつもりなんだわ)

そもそも暗殺する目的で嫁いできたのだから、当然だ。だが改めて自分がしなければならないことを思い知らされ、胸が苦しくなる。

いくらフィリップのためとはいえ、夫であるクロードを殺害するのには強い葛藤があった。しかし屋敷を出るときにこちらの身体を抱きしめ、「どんなに離れていても、君のことを想っているよ」と言ってくれた兄の顔を思い出すとたまらなくなる。

（わたしは……お兄さまの役に立ちたい。実の兄に恋をするような人の道に外れたわたしを、お兄さまは気持ち悪がらずに抱きしめてくれた）

フィリップと実際にどうこうなろうとは、フランセットは微塵も考えていない。彼にその気がないのは明らかで、何よりミレーヌがそれを許さないだろう。ただフランセットは、これまでどおりに同じ屋敷に暮らして言葉を交わしたいだけだ。このリヴィエで役目を果たし、クロード亡きあとに未亡人になったフランセットを、フィリップはきっとカスタニエ家に呼び戻してくれる。

（そのためには、クロードさまに気づかれないように暗殺の準備を進めないと。……一日も早くカスタニエ家に戻るために）

一口に〝毒〟といっても、植物由来のものや生物から採れる毒などがあり、その種類は多岐に亘る。

植物由来ならドクニンジンやトリカブト、ケシやジギタリスの他、キノコにも致死毒を有するものがある。生物由来なら蛇や蜂、蜘蛛などの毒があり、人体にとても有害だと言われていた。

問題はそれをどこで入手するかだが、リヴィエの町で買い求めればたちどころに足がつくに違いない。部屋の窓から外を眺め、フランセットはじっと考えた。

（このデュラン城の周囲とリヴィエの郊外には、森があったはず。そこで何か有用な毒を探そう）

公爵夫人ともなれば遊んでばかりはいられず、クロードから城の運営について学ぶように言われていたが、それはフランセットにとって都合がいい。

なぜなら城の構造を学ぶという名目で城内を歩き回り、どのエリアに使用人が少ないか、抜け道はあるかなどを確かめることができるからだ。

（毒を使った暗殺は、飲み物に混入するだけじゃない。身体を寄せてさりげなく針を刺すだけでも相手を殺せるし、衣服の襟《えり》に仕込んでもいい）

だがそのためにはクロードから直前まで怪しまれずにいることや、周囲から犯人だと思われないような立ち回りが必要になる。

しかし豊富な毒の知識を有しているフランセットだが、実際にそれを人に使ったことがないのが大きな懸念だった。相手の体格でどのくらいの量の毒物が必要になるかは頭に入っているものの、立ち回りの点に不安がある。

その日の夜、フランセットはクロードから「この地方の参事会員であるヴァロー氏が来た」と言われ、晩餐《ばんさん》に同席した。参事会員は帝都レナルから派遣されており、教区吏員から上がってきた犯罪の証拠を精査して決定を下す役割がある。

つまり法と秩序を守るための行政官で、五十代とおぼしき彼はにこやかに言った。

「わたくしは先日行われた公爵閣下の婚礼のパーティーに参加させていただきましたが、奥方どのはまことにお美しい。閣下と並ばれるとお似合いでいらっしゃいますね」

「……ありがとうございます」

ヴァローの相手はほぼクロードがしていて、フランセットはときどき相槌《あいづち》を打つ程度で済んだものの、今まで晩餐会にほとんど出たことがないため、緊張してしまう。

（でも、こういうことにも慣れていかなきゃいけないんだわ。お城にお招きした人と今後外で会うこともあるから、お顔や今日の話の内容を覚えておかないと）

やがて晩餐が終わり、彼が帰っていくのを見送ったフランセットはホッと息を漏らす。するとそれを見たクロードが、微笑んで言った。

「晩餐に同席してくれてありがとう。何しろ結婚したばかりだから、客人は皆私の妻であるフランセットに会いたがるんだ。君にはしばらく苦労をかける」

「謝らないでください。お客さまの応対をするのは、妻として重要な役目ですから」

するとそれを聞いた彼が、考え込みながらつぶやく。

「なるほど、〝妻としての役目〟か」

「えっ？」

「では、こっちに来てくれ」

クロードが突然歩き始め、フランセットは戸惑いながらその後を追う。

彼が開けたのは、重厚な雰囲気の扉だった。促されるままに中に足を踏み入れたフランセットは、クロードに問いかける。

「クロードさま、書庫に一体どんなご用が……、あっ！」

ふいに腕を引かれ、彼に抱きしめられて息をのむ。

頬に当たるジャケットの生地がごわついていて、布越しにクロードの硬い身体を感じた。

フランセットの髪に顔を埋めながら、彼がささやいた。

「フランセットの身体は細いな。少し力を入れれば、たやすく折れてしまいそうだ」

「あの……」

「ヴァロー氏は君の美しさを絶賛していた。フランセットは今まで帝都で社交に出ていなかったから、予想外の可憐さに驚いたようだ。だが、いささか視線が無遠慮すぎたな。君のほっそりとした首筋や白い胸元ばかりをチラチラ見ていて、正直不快だった」

「ぁ……っ」

抱きしめる腕を緩め、耳の下の辺りを指先でくすぐるようにされて、フランセットは小さく声を漏らす。

まさか書庫でこんなことをされるとは思わず、ひどく狼狽しながら目の前のクロードに向かって言った。

「クロードさま、ここは書庫ですから……」

「部屋まで待てないから、ここに君を連れ込んだんだ。フランセットは先ほど〝妻としての役目〟という言葉を口にしたが、これも重要な仕事だと思わないか」

「えっ？」

「夫である私と親密な時間を持つ、これも大事なことだろう？」

彼の端整な顔が近づき、唇に触れるだけのキスをしてくる。

思わず息を詰めて目を閉じたフランセットは、存外柔らかなその感触にドキリとした。昨夜初めてクロードに身体に触れられ、鮮烈な快感を与えられたことはまだ記憶に生々しい。

苦痛はまったくなかったものの、彼の手に乱されるのには怖さもあり、どう反応していいかわからなかった。

（でも……）

自分たちは神の前で誓い合った夫婦で、クロードに抱かれるのはフランセットの〝義務〟だ。

彼の舌が唇の合わせをなぞり、何度か繰り返されると条件反射で口が開いてしまう。そこから侵入してきたクロードに舌を舐められ、フランセットはピクッと身体を震わせた。ゆるゆると舐め、ざらつく表面同士を擦り合わされて、呼吸が荒くなる。舌先で歯列をなぞったり、口蓋をくすぐるように舐める動きにゾクリとし、フランセットは涙目で喘いだ。

「うっ……んっ、……ふ……っ」

蒸れた吐息を交ぜ、何度も角度を変えて口づけられる。

身体の力が抜けそうになるのを、腰に回ったクロードの腕が強く抱きすくめることで支えていた。口腔をいっぱいにされるのが苦しくてフランセットがうっすら目を開けると、驚くほど近いところで彼の青い瞳に合う。

慣れないキスにまったく余裕のないこちらとは裏腹に、クロードの眼差しはひどく冷静に見えた。それにドキリとした瞬間、彼の大きな手が胸元に触れてくる。

「昨夜は、こちらを触っていなかったな」

「あ……」

クロードの手がふくらみを包み、やわやわと揉む。コルセットできつく締め上げて強調された胸はきれいに隆起していて、彼がそこにキスを落とした。

「ん……っ」

ちゅっと音を立てて吸った後、舌先でチロリと肌を舐められ、フランセットの身体が震える。

舌の感触はもちろん、素肌に触れるクロードの髪と吐息がくすぐったく、落ち着かない気持ちがこみ上げていた。傍にある大きなテーブルの縁に座らされ、フランセットは不安になって彼を見つめる。廊下では召し使いたちが行き来する気配がしており、いつ扉が開けられるかと思うと気が気でなかった。

「クロードさま、あの……ぁっ！」

クロードが胸のふくらみに鼻先を埋め、胸元の生地をぐっと引き下げてくる。

すると丸みが弾むようにあらわになり、フランセットはかあっと頬を紅潮させた。彼はそこをつかむと、先端部分に舌を這わせてくる。濡れた感触に肌が粟立《あわだ》ち、頂が芯を持って硬くなるのがわかった。

それが恥ずかしくて身じろぎするものの、クロードは構わずに愛撫を続ける。

「は……っ、ぁっ……」

舌先で乳暈《にゅううん》をなぞり、先端を弾く動きに、ビクビクと身体が震えた。

皮膚の下からむず痒《がゆ》い感覚が湧き起こり、呼吸が乱れる。あちこちに置かれたランプのせいで書庫内は皓々《こうこう》と明るく、こんなあられもない姿を彼に見られているのが恥ずかしくてたまらなかった。

フランセットの胸を愛撫しながらクロードが視線だけを上げ、ささやくように言う。

「君の胸はきれいだな。白くて張りがあって、おまけに感じやすい」

「んん……っ」

音を立てて吸い上げられ、じんとした疼痛《とうつう》にフランセットは眉根を寄せる。

上気した顔で視線を向けると、胸の先端は彼の唾液で濡れ光り、つんと勃《た》ち上がっているのが淫靡《いんび》だった。それを見た瞬間、秘所の奥が熱く疼き、ひどく動揺する。触れられているところは昨日とはまったく違うのに、感覚が連動していることが自分が淫らな女である証拠のように感じ、いたたまれなくなった。

ぐっと唇を引き結んだフランセットは、目の前のクロードの二の腕を押さえ、小さな声で言う。

「クロードさま、本当にここではもう……」

するとと彼が胸から唇を離し、フランセットの唇に触れるだけのキスをして答える。

「そうだな。君に過剰な羞恥を与えたいわけではないし、ここまでにしておこうか」

クロードがこちらのドレスの胸元を直してくれ、フランセットは気まずさを押し殺す。

こうしてところ構わず身体に触れられるのは、夫婦なら当たり前なのだろうか。彼の手つきに荒々しさはなく、今のところフランセットが与えられているのは快楽だけだ。

そのせいか強烈な嫌悪感はなく、むしろ身体の奥の疼きだけが残っていて、何ともいえない気持ちになる。

（わたし……）

周囲に怪しまれずに暗殺を完遂するためには、まずはクロードの懐に入り込まなくてはならない。フランセットが彼にとって良き妻となれば、おのずと彼に隙も生まれるだろう。ならばこうした夫婦の行為を嫌がらず受け入れるのが賢明だが、簡単に割りきれずに悶々《もんもん》とした。

書庫の外に出ると、廊下にはリネンや食器を持った召し使いたちが数人行き来しており、こちらを見て一斉に頭を下げた。彼らに先ほどの自分の嬌声《きょうせい》が聞こえていたかもしれないと思うと、フランセットは羞恥で顔を上げられない。

しかしクロードのほうは至って平然としており、こちらの私室の前まで送ってくれると、目元にキスをして言った。

「私は目を通さなければならない書類があるから、執務室で少し仕事をしてくる。フランセット、また後で」

「……はい」

＊＊＊

六月も半ばに差しかかろうというこの時季は緑が旺盛で、貴族たちの社交には狩猟が加わる。

騎馬で狐《きつね》や鹿を狩ったり、ときには鳥を射たり川で釣りをすることもあり、あちこちの所領からの誘いが引きも切らない。そんな中、クロードはリヴィエの隣にあるモンタニエを訪れ、そこを所領とするマルタン・ルイ・オリヴィエ伯爵と狩りを楽しんでいた。

森の中で栗毛《くりげ》の愛馬に跨がりながら、マルタンが快活な様子で言う。

「君とこうして狩りに出るのは久しぶりだな。お互い爵位を継ぐまでは気楽な立場だったから、頻繁に狩猟に出掛けていただろう？　でも今は忙しくて、なかなかそうもいかない」

彼は先月父親を亡くし、爵位を継いだばかりだ。今は仕事を覚えるのが大変だと言うが、「気晴らしに狩りにつきあってほしい」とクロードに手紙を寄越していた。

モンタニエの中央にある森の中には木漏れ日が差し込み、木々の緑や風に揺れる野の花が美しかった。少し離れたところに互いの護衛騎士と猟犬係がおり、極力こちらの話の邪魔をしないように努めている。マルタンが小さくため息をついて言った。

「しかし君の奥方が、ここに一緒に来られなかったのは残念だな。私は父の葬儀があって君たちの結婚式に出られなかったから、是が非でも会いたかったのに」

「すまない。妻は身体があまり丈夫ではないから、体調と相談しなければならないんだ」

埋め合わせとしてこちらの屋敷に招待するとクロードが告げると、彼は「じゃあ、都合がいい日を連絡するよ」と笑顔になる。

それから兎《うさぎ》を三羽、狐を二匹仕留め、オリヴィエ伯爵家の屋敷に戻った。兎は料理人に香味野菜と一緒に煮込んでもらって昼食にし、毛皮を土産として持ち帰る。

帰りの道中、シャリエが隣に馬を寄せて話しかけてきた。

「オリヴィエ卿は、久しぶりにクロードさまと会えてうれしそうでしたね」

「そうだな。私もいい気晴らしになった」

マルタンはしきりとフランセットに会えないのを残念がっていたが、おそらくそれは彼女が帝都レナルにいたときから社交場にまったく姿を現さなかったため、一体どんな女性なのか興味があるのだろう。

（……実際は、身体が弱いわけではなさそうだがな）

クロードがフランセットと結婚して、一ヵ月半が経とうとしている。

彼女はバラデュール家の所領であるリヴィエで暮らしており、城の運営について勉強中だ。

クロードから見たフランセットは勤勉で、与えられた仕事に真摯に取り組んでいる。

わからないことは家令のラシュレーや女中頭のリーズに質問し、自分なりにノートにまとめていて、一度中身を見せてもらうとさまざまな内容が細かく書きつけてあった。公爵夫人としての仕事に真面目に向き合う一方、召し使いたちに対して居丈高になることはなく、慎ましく優しい性格が窺える。

だが社交はあまり得意ではないようで、城に客人が来るといつも緊張した顔をしていた。今回もクロードは「オリヴィエ伯爵に狩猟に誘われているが、君も一緒にどうか」と誘ったものの、遠慮がちに断られて今に至る。

（彼女の態度はまだどこか固くて、私に完全に気を許していないのがよくわかる。それは元々の性格のせいなのか、家族から何か聞かされていて思うところがあるのか）

フランセットの生家であるカスタニエ家は、バラデュール家と同じ公爵家だ。

現当主で彼女の父親であるロランは周囲と波風を立てるタイプではないが、夜会で何度か顔を合わせたことがある夫人はとても気位が高い女性のようだった。少し話をしただけでこちらへの強烈な対抗意識を感じ、だからこそフランセットとの縁談を持ちかけられたときはひどく驚いた。

クロードがその話を受けたのはさまざまな思惑があってのことだが、向こうも同様なのかもしれない。先方とバラデュール家は、近頃何かと比較されることがある。

それは、ブロンデル帝国の西部にあるクラヴェル辺境伯領についてだ。現在の辺境伯であるコルベール卿には後継者がおらず、次の辺境伯としてバラデュール家とカスタニエ家の名前が挙がっている。

(フランセットからは、そういった対抗意識や敵意のようなものは感じない。ときおりこちらをじっと観察する視線を向けていることはあるが)

元々内気らしいフランセットは、結婚して一ヵ月半が経つ今もクロードとの距離を測りかねているようだ。

彼女のほうから積極的に話しかけてくることはなく、高価な装身具やドレスをねだったりしない。何か欲しいものやしてほしいことはないか問いかけると、控えめに「森に花を摘みに行ってもよろしいでしょうか」と申し出てきた。

バラデュール家には贅沢に暮らせるだけの財力が充分にあるが、フランセットの望みは公爵夫人としては非常にささやかなものだ。とはいえせっかく彼女のほうから申し出てくれたことを断るつもりはなく、クロードはフランセットを連れてデュラン城の近くの森に出掛けた。

するとと彼女はきれいな花の他にいくつか草も摘んでいて、クロードが「それは何に使うのか」と問いかけたところ、遠慮がちに答えた。

『これは薬草です。万が一クロードさまがお怪我をされたときに使えるように、煎《せん》じて常備しておくのはどうかと考えたのです』

フランセットは「でもお城にはお医者さまもおられますから、差し出がましいことを言って申し訳ありません」と謝ってきたものの、クロードはそれを許可した。

『いや。フランセットの気持ちはうれしいし、薬草があれば何か役に立つこともあるだろう。君の好きなようにしていいから』

『ありがとうございます』

その後、彼女はいくつかの道具を取り寄せ、公爵夫人としての仕事の合間に薬草を煎じているようだった。今のところ必要とする機会はないが、フランセットが自発的に何かをするのはいいことだと思う。

それから馬で一時間かけてリヴィエに戻ったクロードは、帝都レナルから届いた手紙の内容を精査したり、会計士と話をしながら所領に関する書類の決裁をした。夜は社交に出掛け、思いのほか帰りが遅くなって、日付が変わる頃に帰宅する。

その頃には城内はすっかり寝静まり、限られた使用人だけが出迎えてくれた。ラシュレーに明日の予定を告げ、侍従に着替えと入浴を手伝ってもらったクロードは、自室で一杯だけ寝酒を飲む。

そして夫婦の寝室に向かうと、そこではフランセットが寝息を立てていた。

「――……」

大きなベッドの端で眠る彼女は、蜂蜜色の長い金髪が顔に乱れ掛かり、花のような容貌を半分ほど隠している。

長い睫毛が顔に影を落としていて、室内に入ってもまったく起きる気配はなかった。その寝顔は起きているときより少しあどけなく、それを見たクロードの胸が疼く。

実は結婚して一ヵ月半が経つ今も、フランセットを最後まで抱いていない。婚約期間は三ヵ月ほどあったものの、そのあいだ彼女はこちらの誘いにまったく応じず、輿入れしてきた時点で互いの人となりをよく知るに至っていなかった。

そんな状況で夫となる男に抱かれるのは、女性ならひどく抵抗があるだろう――そう考えたクロードは、夜ごとフランセットに快感だけを与え、これまで自身の欲求は二の次にしてきた。

そうする一方で、彼女をさまざまな場所に連れ出し、親睦を図ってきた。リヴィエの近くにあるエローという村で陶器作りを見学したり、フランセットが乗る馬を買い付けるために仔馬《こうま》の品評会に出掛けたり、月に一度リヴィエで行われる大きな市で異国の美しい装身具を購入したりと、そのたびに彼女は目を輝かせて楽しそうにしていた。

内気でおとなしい性格ではあるものの、フランセットは好奇心が旺盛で、クロードが連れ歩くといろいろなものに興味津々な顔をしている。それを見るにつけ、クロードは「もしかすると彼女は、生家でずっと抑圧されてきたのかもしれない」と感じていた。

（カスタニエ公爵夫人はあたかもフランセットが病弱であるかのように話していたが、実際はまったくそんな感じはしない。公爵が召し使いに生ませた娘だというし、夫人のあの性格からすれば、なさぬ仲の娘にきつく当たっていたのは容易に想像がつく）

社交界デビューしたにもかかわらず夜会に出なかったり、婚約後も一切誘いに応じないのは、はっきり言って異常だ。

当初はフランセット自身に問題があるのかと思ったがそんな様子は微塵もなく、やはりカスタニエ公爵夫人が影響しているのだとクロードは推測していた。

（だとすれば、フランセットは不憫《ふびん》な女性だ。家柄に恵まれて健康で、年相応の好奇心があるにもかかわらず、屋敷に閉じ込められてろくに知らない相手の元に嫁がされているのだから）

そんな彼女に対して、クロードは強い庇護欲をおぼえる。

不遇な環境で生まれ育ちながらも、フランセットは純粋でとても慎ましい性格だ。何気ない外出を喜ぶ姿は可愛らしく、真面目で一生懸命な性格に好感が持てる。閨では昼間とは違う艶っぽい表情を見せるところにも、強く魅了されていた。

（私は、フランセットが好きだ。一人の女性として愛情を抱いている）

おそらく彼女には何らかの事情があり、こちらにすべてをさらけ出しているわけではないだろう。だがそんなところを含めて、クロードはフランセットの全部を受け止めてやりたいと切に思っていた。

そんなことを考えながら彼女の頬に掛かる髪をそっと払ってあげたところ、フランセットの睫毛がかすかに震えた。彼女の瞼がぼんやりと開き、ベッドの縁に座るクロードの姿を捉えて、ポツリとつぶやく。

「クロードさま……？」

「すまない、起こしてしまったか」

クロードは微笑み、指の関節でフランセットの頬を撫でて告げる。

「君の寝顔が可愛くて、つい触れてしまった。もう遅い時間だから寝よう」

そう言って彼女の隣に身を横たえ、クロードは「おやすみ」と言いながらフランセットの肩に掛布を引き寄せる。そして片方の腕を枕にして目を閉じたものの、彼女が「あの」と問いかけてきた。

「こ、今夜はしないのですか……？」

思わず目を開けてフランセットを見ると、彼女がほんのりと頬を染めてこちらを見上げている。クロードは穏やかに答えた。

「もう日付が変わっているし、明日に差し支える。早く眠ったほうがいいだろう」

「でもクロードさまが毎晩わたくしに触れるのは、それが夫婦の務めだからではないのですか？　でしたら……」

フランセットの眼差しには複雑な色がにじみ、彼女が夜ごとの行為を〝義務〟だと思っているのが伝わってくる。

確かにその解釈は間違っておらず、婚姻の目的は家の後継ぎをもうけることだと言っても過言ではない。だがここ最近のクロードは、自身の気持ちが変化しているのを感じていた。

（私はフランセットと、心を通わせたい。彼女と本当の意味で夫婦になれたら幸せだ）

この一ヵ月半見てきたフランセットは、善良な女性に見えた。

バラデュール家に嫁いできて以降、公爵夫人としての仕事に一生懸命に取り組み、この家のやり方に馴染もうとしている。「城の切り盛りや日常生活で必要なものは、個人の裁量で何でも買って構わない」と申しつけていたが、彼女は自身のためにはまったく無駄遣いをせず、帝都レナルの屋敷で暮らすクロードの両親に挨拶の手紙と有名店の菓子を贈ったり、薬草を煎じるための道具を買うことだけに使っていた。

使用人たちへの態度も謙虚で、何かしてもらうたびに「ありがとう」と礼を述べ、頼み事をするときも丁寧な口調で話すため、好印象を抱かれているという。

唯一社交だけは苦手なようで、客人を前にすると上手く話せないというコンプレックスがあるようだが、そんなのは些末《さまつ》なことだ。フランセットが苦手なら、夫である自分が対応すれば何も問題はない。

（でも……）

クロードはそうした考えでいるものの、彼女のほうは違うはずだ。

バラデュール家に嫁いできたという義務感だけが強くあり、こうして閨事を迫ってくるのも早く子を成したいからに違いない。その温度差を歯痒く思う一方、「当然だ」とも感じ、クロードは苦笑する。

そして彼女の髪に触れ、柔らかな手触りのそれを撫でながら言った。

「なるほど。私がフランセットに触れるのは、〝義務〟だからだと思っているのか」

「……はい」

「そういうふうに思われているのなら、まだまだ私の努力が足りないということだな」

クロードはそう言って半身を起こし、フランセットの上に覆い被さる。彼女が戸惑った顔でつぶやいた。

「あの、それはどういう……ぁっ！」

夜着越しに胸の先端をやんわりと噛んだ瞬間、フランセットがビクッと身体を震わせる。そのまま吸い上げると、そこがみるみる硬くなっていくのがわかった。薄い生地の下でツンと勃ち上がった尖りを、クロードはじっくりと舐める。すると彼女が息を乱し、足先で敷布を掻いた。

「……っ、ぁ……っ」

フランセットは間違いなく処女だが、輿入れしてきてから一ヵ月半、毎晩のようにクロードに触れられているため、感度がよくなっている。

だが羞恥は消えないらしく、いつも恥じらう様子を見せるのが可愛らしかった。両方の胸を愛撫され、どちらも先端を尖らせているのはひどく淫らな光景だ。

あえて夜着を脱がせることはせず、クロードはその裾をたくし上げて彼女の太ももに触れる。そこはすんなりと細く、極上の手触りをしていて、撫で上げるとフランセットが小さく喘いだ。

「ぁ……っ、クロード、さま……っ」

その瞳には、より直接的な愛撫を期待しつつも口に出せないもどかしさがにじんでおり、切実な色を浮かべている。最初の頃にはなかった淫らさがいとおしく、クロードは身を屈めると彼女の唇を塞いだ。

「うっ……ふ……っ」

口腔に押し入り、じっくりと舌を絡める。

ベルベットのような感触の舌が逃げるように動き、それを追いかけて強く吸った途端、フランセットがくぐもった声を漏らした。ぬるつく表面を擦り合わせつつ、クロードはレースの下着の中に手を入れ、彼女の秘所に直接触れる。するとそこは既に熱く潤み、蜜を零していた。

「あ……っ」

愛液のぬめりを広げるように指を動かした途端、粘度のある水音が立つ。

花弁をなぞりながらときおり敏感な花芽を押し潰すたび、フランセットの太ももが震えた。

彼女がこちらの二の腕に触れ、甘い声を漏らす。

「クロードさま……っ」

「ん？」

「ぁ、そこばっかり……っ……」

花芽ばかりを弄り、蜜口に触れずにいると、フランセットが焦れた様子でそう訴えてくる。

クロードは微笑んで言った。

「フランセットは、ここが好きだろう？　こうして押し潰されるのも、形をなぞられるのも、どちらも感じるはずだ」

「……っ」

「ああ、それから舐められるのも好きだったな」

彼女がかあっと顔を赤らめ、「それは……」と言いよどむ。

クロードは身体の位置をずらし、フランセットの下着を脱がせた。そして彼女の脚を大きく広げてそこに顔を伏せると、快楽の芽に舌先で触れる。

「んぁっ！」

ささやかな尖りを舌でつついた途端、フランセットが高い声を上げる。

そのまま押し潰し、じゅっと音を立てて吸い上げる動きに、彼女がこちらの頭に触れて押し留めようとしてきた。それを物ともせずに行為を続けると、次第に嬌声が啜《すす》り泣きのような声になっていく。

「……っ……はぁっ……ぁ……っ」

感じ入った様子のその声に煽られ、クロードの股間も痛いくらいに張り詰める。

こうしてフランセットに触れるようになってひと月半、何度も彼女を抱いてしまいたい衝動にかられていたものの、クロードは理性でそれを抑え込んでいた。フランセットを傷つけるつもりはまったくなく、ただ優しくしたい。そのためには快楽だけを教え、彼女が心を許してくれてから最後までするのでも遅くはないはずだ。

そう心に決め、実際に行動に移してきたが、いまだフランセットはこちらに見えない壁を作っている。それがひどくもどかしく、クロードは口元を拭って上体を起こすと、彼女の蜜口に指で触れた。

「ああ、すごいな。もうぬるぬるだ」

「あぁ……っ」

ゆっくり指を挿入していくと、すっかりぬかるんでいるそこはぬちゅりと粘度のある音を立てる。

柔襞が蠢きながら絡みついてくる様は淫らで、指でも充分心地よかった。緩やかに抽送を

始めたところ、フランセットが潤んだ目を向けてくる。

「ぁ……っ、クロード、さま……っ」

縋りつくような眼差しはまるで自分を欲してくれているかに見え、クロードは彼女の中を穿ちながら問いかける。

「痛くないか？」

「……っ……はい……っ」

「指を増やすよ」

二本に増やされた指に、フランセットが切羽詰まった声を上げる。

「あ……っ……んっ、……ぁ……っ」

隘路がビクビクと震え、指をきつく締めつけてきて、彼女が感じているのがわかる。

中は狭いものの、クロードの指二本を根元までのみ込み、溢れ出た蜜が手のひらまで濡らしている様がいやらしかった。残りの指が柔肌に食い込むのを眺めつつ抽送を激しくし、何度も最奥を押し上げる。

するとフランセットが背中をしならせ、腰をビクッと跳ねさせて達した。

「あ……っ！」

隘路が収縮し、指を強く締めつけて、奥から熱い愛液が溢れ出る。

彼女が上気した顔で息を乱し、こちらを見た。

「――……」

その瞳には快楽の余韻がにじみ、普段の清楚《せいそ》さとは真逆の気怠《けだる》い色気がある。クロードは隘路に指を挿入したまま身を屈め、フランセットの唇を塞いだ。

「は……っ」

彼女の熱っぽい舌を舐め、吐息を交ぜる。わななく内襞の感触を愉しんだ後で指を引き抜いた途端、透明な愛液が零れ出た。後始末をしていると、フランセットが口を開く。

「あの、クロードさまはなさらなくてよろしいのでしょうか。いつもわたくしに触れるだけですので、その……物足りなくていらっしゃるのでは」

彼女はこちらが昂ぶっていることに気づいていたらしく、遠慮がちにそう申し出てきたものの、クロードはあっさり答えた。

「いや。いい」

「それはわたくしに、何がご不満があるからでしょうか。妻として抱くのに興味をそそられないとか、女性としてまったくお好みではないとか」

どこか必死な表情で言い募るフランセットに、クロードは改めて答える。

「君に対する不満は、まったくない。私の妻としていろいろなことに一生懸命励んでくれているし、女性としてもこの上なく魅力的だと思っている」

「でしたら……」

「フランセット。私は君と、心の通い合った夫婦になりたい。今はそのために信頼関係を築く時期だと思っているんだ」

それを聞いた彼女が、驚いた顔で口をつぐむ。クロードは言葉を続けた。

「このリヴィエに来てから、君は本当に努力してくれている。城を切り盛りするために勉強し、実際に自分の目で見て学ぶべくあちこちの部署に顔を出して、わからないことをラシュレーやリーズに質問しているだろう。そうやって妻としての仕事に一生懸命に励んでくれているのを見るうち、私は考えたんだ。せっかく縁あって夫婦になったのだから、君と想い想われる関係になりたいと」

「………」

「だが私なりに努力しているつもりでも、君との間には見えない壁を感じる。出会って日が浅いから仕方のないことなのかもしれないが、だからこそわかり合うための努力を怠ってはいけないと思うんだ。フランセットは私が最後まで抱かないことに戸惑っているようだが、それは互いの気持ちが同じくらいに高まってからでいいんじゃないかと考えている」

クロードはフランセットの頬を撫で、一歩踏み込んだ質問をする。

「君は〝バラデュール公爵夫人〟としての責務には向き合っているが、私に対しては一歩引いているだろう。違うか」

「それは……」

「責めているわけではないよ。結婚して一ヵ月半で、共に過ごしている時間が圧倒的に足りないのだから、それも無理はないと言ってるんだ。私はフランセットに、もっと日常を楽しんでほしいと思ってる」

　すると彼女は思いがけないことを言われたように、小さく反芻する。

「日常を楽しむ……ですか？」

「ああ。これまでの様子を見て、君はカスタニエ家にいたときにさまざまなことを我慢して生活をしていたのではないかと感じた。本当は年相応の好奇心があったり、外の世界に憧れがあるのに、病弱であることにしてあえて取り上げられていたのではないかと」

　フランセットが虚を衝《つ》かれた様子で、こちらを見つめる。クロードは穏やかに言葉を続けた。

「もし見当違いだったら、申し訳ない。でもここでの生活で私は君の行動を制限する気はないから、何かしたいことがあればどんどん言ってくれ。叶えられるように努力する」

　彼女は困惑したようにわずかに表情を曇らせ、答えない。そんなフランセットの身体を改めて抱き寄せ、クロードは問いかけた。

「さて、そろそろ寝ないと本当に翌日に差し支えるな。君は明日の予定は？」

「と、特にございません。いつもどおり、ラシュレーの時間が空いたときにいろいろと教えてもらうつもりでおります」

「では、午前中に気が向いたら練兵場に来てくれ。私は兵たちの鍛錬をするが、貴婦人の目があるのは彼らにとっていい刺激となる」

すると〝貴婦人〟と言われたフランセットが何ともいえない表情になりつつ、うなずいた。

「……わかりました」

【第五章】

六月も半ばを過ぎるとデュラン城の周辺は緑が旺盛に茂り、目の前の湖のほとりに色とりどりの花が咲いていて、何ともいえず美しい。

窓の外はよく晴れ、室内には眩《まぶ》しい朝日が差し込んでいた。鏡台の前に座ってウラリーに髪を結ってもらいながら、フランセットはため息を押し殺す。

(クロードさまが、あんなことを言うなんて。もしかして、あの方はずっとわたしを観察していたのかしら)

頭の中を占めているのは、夫であるクロードのことだ。昨夜遅くに帰ってきた彼は、フランセットの求めに応じてこちらの身体に触れてきたものの、やはり最後まではしなかった。

結婚して一ヵ月時半が経つ今も、自分たちは本当の意味で夫婦になっていない。それはここ最近のフランセットの悩みの種で、ひどくモヤモヤとしていた。

最初こそ、フィリップ以外の男性に触れられることに抵抗があり、クロードが最後までしなかったことに安堵していたフランセットだったが、次第にそれは戸惑いに変わった。

彼はほとんど日を置かずにこちらの身体に触れ、快楽を与えてくる。苦痛はなく、ただ甘やかな愉悦だけがあって、始めは恥ずかしいという感情が強かったフランセットは徐々にその行為を享受するようになっていた。

性行為に対しての恐怖心は完全にはなくなってはいないものの、毎回その先を考えて不安と期待がない交ぜになった気持ちを味わっている。だが彼は頑なにフランセットを抱こうとはせず、昨夜はついその疑問をぶつけてしまった。

結果、クロードの思わぬ本音を聞くこととなり、フランセットはひどく困惑している。

（あの方がわたしと心の通った夫婦になりたいって、本当に？　わたしを妻として大切にしてくれるつもりなの……？）

実はそうした片鱗《へんりん》は、輿入れした当初から感じていた。

婚約期間中に顔を合わせていなかったにもかかわらず、彼はそれを責めることなくフランセットを温かく迎え入れてくれた。「公爵夫人として城を采配できるようになってほしい」とは言われたものの、その習熟を強制はしない。客人と会うときもこちらが口下手なのを考慮し、自然な形でカバーしてくれている。

さらには忙しい公務の合間を縫って、フランセットをあちこちに連れ出してくれた。リヴイエの町を案内してくれたり、陶器で有名な村に出掛けたのは楽しく、今までそうした楽しみを知らなかったフランセットにとっては新鮮な出来事だった。

驚いたのは、クロードがこちらの境遇を正確に言い当てたことだ。「これまでの様子を見て、君はカスタニエ家にいたときにさまざまなことを我慢して生活していたのではないかと感じた」「本当は年相応の好奇心があったり、外の世界に憧れがあるのに、病弱であることにしてあえて取り上げられていたのではないか」と言われたとき、フランセットはどんな反応をしていいか迷った。

（クロードさまがあんなことを言ったのは、わたしがちゃんと取り繕えていなかったからだわ。……出掛けたときに、好奇心を隠しきれていなかったから）

彼に憐《あわ》れまれているのを感じ、フランセットの中に惨めさが募る。

自分の置かれてきた環境は他人から見て惨めなものであると思い知らされ、身の置き所のない気持ちを味わっていた。クロードは「ここでの生活で私は君の行動を制限する気はないから、何かしたいことがあればどんどん言ってくれ」と発言していたものの、そんなことを言えるわけがない。フランセットが輿入れしてきた目的は、彼と気持ちを通わせることではないからだ。

（わたしは……クロードさまを殺さなくてはならない。クラヴェル辺境伯の地位をカスタニ

エ家にもたらすためには、あの方が邪魔なのだから）

だが面と向かってあのように言われた瞬間、フランセットの気持ちは強く揺さぶられた。

召し使いの子として生まれ、義母のミレーヌにいびられながら育ってきたフランセットに優しくしてくれるのは、これまで兄のフィリップだけだった。だがクロードはフランセットの努力を褒めてくれ、夫として向き合って大切にしてくれる。

（わたし……）

彼の言葉が、うれしくなかったと言えば嘘になる。

クロードの言うとおり、フランセットはかねてから屋敷の外に出てさまざまな経験をしてみたいという望みを抱いていた。カスタニエ家にいたときはミレーヌがそれを許さなかったものの、リヴィエに来てからは自分の意志で動くことができるのが新鮮で、城の運営について学んだりクロードと出掛けるのもまったく嫌ではなかった。

そして真っすぐに愛情を伝えてきたのも、彼が初めてだった。フランセットを一人の人間として尊重し、その上で信頼と愛情で結ばれた関係を築きたいと言ってくれ、あれからひと晩経った今もひどく動揺している。

（わたしはクロードさまを暗殺するために輿入れしてきた人間なんだから、こんなふうに感じるのはおかしい。……「うれしい」だなんて）

リヴィエに来てひと月半、フランセットは少しずつ暗殺の準備を進めてきた。

彼に「花を摘みに森に行きたい」と申し出、咲いていた草花を摘む一方、毒になるものをいくつか紛れ込ませることに成功した。クロードは花だけではなく草も摘んでいることを不思議に思ったようだが、「万が一クロードさまがお怪我をされたときに使えるように、薬草を煎じて常備しておくのはどうかと考えた」と告げると納得してくれた。

現在フランセットの手元には、毒草であるタケニグサ、そしてジギタリスとスズランから抽出した毒がある。タケニグサは嘔吐や体温の低下、呼吸困難や心臓麻痺を引き起こし、ジギタリスはベルに似た形の花を穂状につける紫色のきれいな花だが、花や葉茎、根のすべてに強い毒性がある植物だ。口にすると心臓に強く症状が出て、不整脈や動悸《どうき》、嘔吐、激しい頭痛や眩暈《めまい》に襲われ、死に至る。

スズランは花と根に毒があり、血圧低下や心臓麻痺、嘔吐と頭痛などの他、肝臓にも影響するもので、ほとんどの症状は摂取して一時間以内に発症するといわれているものだ。どれも強力な毒だが、経口で摂取させるなら何かに混ぜ込まなければならない。即効性のあるものだけではなく、フランセットは長期的に摂取させて死に至る毒も選択肢に入れていた。

（アオカビに含まれる毒は肺炎を発症させたり、肝臓と腎臓の機能が低下していずれ腫瘍化すると言われている。カビならパンで培養することができるし、少しずつ摂取させるのに最

適だわ）

暗殺の準備は、少しずつ進んでいる。

本当は決行しようと思えばすぐにできる状態だが、フランセットはまだその時機ではないと考えていた。自分は輿入れしてきて、日が浅い。もっと時間をかけて周囲に良妻であると印象づけ、いざ暗殺を遂行しても疑われない環境を作ることが必要だ。

（わたしは間違っていない。絶対に失敗できないんだから、焦らず準備には時間をかけるべきだわ）

そう結論づけたフランセットは、自身の髪を結っている最中のウラリーに鏡越しに告げる。

「この後は、練兵場に行きます。クロードさまにお誘いを受けているので」

するとそれを聞いた彼女は呆れた表情になり、小馬鹿にした口調で言う。

「兵士の鍛錬を見学するだなんて、一体何のためにですか？　身分ある女性は、そのように汗臭いところには行かれないものです。見て為《ため》になるものでもないのですから、お断りなさったらいかがですか」

「せっかくクロードさまが誘ってくださったのだし、あの方は『貴婦人の目があるのは、兵士たちにとっていい刺激となる』とおっしゃっていたわ。わたくしは一人で大丈夫ですから、あなたはどうぞ休んでいて」

「では、そうさせていただきます」

皮肉のつもりで言った言葉だったが、ウラリーは本当に同行する気はないらしい。

それは公爵夫人付きの侍女としてあまりにも不遜な態度であるものの、フランセットはそのほうが気楽だった。このひと月半で、彼女と気が合わないことは日々の言動でよくわかっている。

身支度を終えたフランセットは、私室を出て練兵場に向かった。城の敷地内にあるそこは広く、バラデュール家に仕える騎士と兵士たちが有事に備えて日々鍛錬している。

廊下を歩いていると、フランセットが一人であるのに気づいた召し使いが「お供いたします」と申し出てきたが、フランセットはそれを丁寧に断った。

「気を使ってくれてありがとう。でも練兵場に行くだけですから、一人で大丈夫です」

「そういうわけには参りません。奥さまをお一人で歩かせるだなんて」

二十代半ばの召し使いは、侍女であるにもかかわらず供をしていないウラリーを言外に批判していて、フランセットは表情を曇らせる。もしかするとウラリーの傲慢な態度は、召し使いたちの間で密かに噂になっているのかもしれない。

（だとしたら、彼女をちゃんと注意しなきゃ駄目だわ。他の使用人たちに示しがつかないもの）

そんなことを考えながら、フランセットは目の前の彼女に遠慮がちに申し出る。

「では、お供をお願いしてもいいかしら」

「はい。わたくしでよろしければ、喜んで」

召し使いと連れ立ってエントランスに向かい、城の外に出る。

そして敷地内にある練兵場に向かうと、そこには多くの兵士たちがおり、小隊長や騎士たちの指導のもとで訓練をしていた。フランセットの姿に気づいた騎士のラングランが、こちらに声をかけてくる。

「奥方さま、いかがなされました」

「クロードさまにお誘いを受けて、見学にお邪魔したのですが」

彼は二十代後半の赤毛の騎士で、人好きのする顔立ちをしている。フランセットの言葉を聞いたラングランが、微笑んで言った。

「そうですか。貴婦人が見学に来られることなど滅多にないので、兵士たちにとって励みになります。クロードさまはあちらです」

示された方向に視線を向けると、少し離れたところにクロードの姿が見える。

兵士たちは見るからに重い甲冑《かっちゅう》を身に着けているものの、彼は最低限の防具だけの軽装備だ。腰に帯剣しているのはいつものことだが、今はそれを引き抜いている。ラングランが説明した。

「クロードさまはリヴィエにおられるあいだは毎日練兵場にお越しになり、兵士たちの剣術指南をしています。彼らに本気で打ち込みをさせているのです」

それを聞いたフランセットは、慌てて問いかけた。

「本気でとおっしゃいましたが、クロードさまは簡素な装備しか身に着けておりません。お怪我をされてしまうのでは」

「大丈夫です。どうかそのままご覧になっていてください」

一人の兵士が進み出て、剣を構える。

対するクロードも剣を抜いているが、特に構えず腕は下がっていた。兵士が気合を込め、一気に肉薄して斬りつけたものの、クロードは無駄のない動きでそれを受け止め、相手の剣を一瞬で弾く。

高い金属音が響き、フランセットはその迫力に息をのんだ。たたらを踏んで体勢を崩しかけた兵士はすぐその場に踏み留まり、再び斬りつけていく。

クロードはそれから二度自身の剣で斬撃を受け止め、攻撃を弾いた後、相手の剣を手から叩き落として告げた。

「初手の踏み込みはよかった。だがその後の攻撃は単調で剣筋が甘いから、相手にすぐ弾かれるぞ。――次」

間髪容《い》れずに飛び出した次の兵士が斬りつけ、彼がそれを受け止める。

クロードの剣技は無駄がなく的確で、最低限の動きで相手をいなしており、その鮮やかさにフランセットは目を奪われた。

(……すごい)

彼の立ち姿は凛《りん》としていて、軽装備であるにもかかわらず兵士たちを圧倒する覇気がある。フランセットは隣に立つラングランに問いかけた。

「あの、クロードさまの剣術の腕前はどのくらいのものなのでしょう」

「ブロンデル帝国の宮殿で行われた剣術大会で、クロードさまは昨年二位になりました。国内でも有数の騎士として名高い方です」

クロードの実力がそこまでのものだと思っていなかったフランセットは、すっかり感心してしまう。

しばらくそうして兵士たちの剣術の相手をしていた彼が、ふとこちらに視線を向けた。そしてフランセットの姿を見つけ、微笑んで言う。

「フランセット、来ていたのか」

その表情は今までの厳しいものとは一転し、至って穏やかだ。

クロードの騎士としての一面を見たフランセットは、胸がドキドキしていた。普段の彼は貴族然として優雅で、皇家に連なる高貴な血筋の人間という雰囲気を如実に漂わせている。

だが兵士たちの鍛錬に立ち合う姿は騎士そのもので、片手間ではなく真剣に向き合っていることが伝わってきた。クロードが剣を収め、こちらに歩み寄りながらラングランに向かって言う。

「鍛錬を投げ出してフランセットと一緒に見物するなど、ずいぶんと余裕があるのだな、ラングラン」

「奥方さまのお傍でクロードさまや兵士たちの様子について説明するのも、騎士としての立派な務めであると心得ます」

澄ました顔で答えるラングランに、クロードが呆れた視線を向ける。

するとアルノワとシャリエも歩み寄ってきて、ラングランを「役得なことだ」と言って当て擦り、フランセットに向き直ると胸に手を当てて一礼して言った。

「奥方さま、このようにむさ苦しいところにおいでいただき、恐れ入ります」

「我ら一同、奥方さまの来訪に身が引き締まる思いです」

フランセットは彼らを見つめ、慌てて答えた。

「わたくしのせいで鍛錬を中断させてしまい、申し訳ありません。邪魔をするつもりはなかったのですけど」

「邪魔などと、とんでもない。貴婦人の賞賛は騎士の誉《ほま》れ、誰もが己の武勇をお見せしたくてたまらないのですよ」

「そ、そうなのですか？」

戸惑ってクロードを見上げると、彼が頷いて答える。

「そうだな。騎士に求められる条件は、高潔さと主君への忠誠心、比類なき武勇と礼節、および貴婦人への奉仕の心だ。兵士たちは軍功を挙げていずれ騎士に昇格したいと望んでいる者ばかりだし、主の妻であるフランセットにいいところを見せたいと思うのは当然だろう」

クロードがおもむろにフランセットの手を取り、甲にキスをして言葉を続ける。

「もちろん私も、その一人だ。兵士たちの日々の努力を見せたかったのはもちろんだが、それ以上に私自身が誰よりも君に称賛される騎士でありたいと思っている」

「……っ」

瞳に甘やかな色を浮かべてそんなことを言われ、フランセットの顔がじわりと赤くなる。傍にいるアルノワたちが気まずげに咳払《せきばら》いをしたものの、クロードはお構いなしだ。フランセットは彼から目をそらしながら、誤魔化すように告げた。

「先ほどラングラン卿から、クロードさまがブロンデル帝国の宮殿で行われた剣術大会で二位になったと聞きました。国内有数の騎士として名高い方なのだと」

するとそれを聞いたクロードが眉を上げ、苦笑して答える。

「私としては、あまり君に知られたくなかったな。優勝したのならともかく、二番手に終わってしまったのだから、己の力量不足を思い知らされる」

「二位でも大変素晴らしい成績だと思います。ブロンデル帝国は広く、武勇に優れた方がたくさんいらっしゃるのですから」

ちなみに優勝したのは皇帝の第三子のジェラルド皇子で、クロードの従兄《いとこ》に当たる人物らしい。彼はフランセットの賞賛に、面映ゆい表情になって言った。

「では次の剣術大会の際には、必ず優勝すると誓おう。そのときは、君に何かお守りをもらっていいかな」

「お守り、ですか?」

「ああ。騎士は試合に臨むとき、崇拝する貴婦人からもらい受けたリボンやハンカチなどを身に着けると勝つことができると言われている」

クロードが自分の持ち物を望んでくれたことに胸がじんとしながら、フランセットは小さく答える。

「はい。では……そういう機会がありましたら」

「楽しみにしているよ」

それからしばらく練兵場で兵士たちの鍛錬を見学したフランセットは、召し使いに付き添われて私室に戻った。

城の廊下を歩きながら、先ほどのクロードとのやり取りを反芻する。彼の眼差しや言動にはこちらへの愛情がにじみ、護衛騎士たちも呆れた顔をするくらいだった。そうした態度を目の当たりにするうち、フランセットは自分の気持ちに変化が起きているのを感じる。

（クロードさまは、初めて会ったときから本当に優しい。わたしに何かを強要することはないし、いつも妻として尊重してくれる）

まだ本当の意味では夫婦になっていないにもかかわらず、クロードの愛情は細やかだ。わざわざ練兵場まで呼び出し、ああして臣下たちの前で愛情表現をしたのは、おそらくフランセットが周囲から軽んじられないようにという配慮に違いない。尊敬する主が妻を大切にする姿を見れば、この城で働く者たちや兵士たちは自然とその姿勢に倣う。

そんな彼の思いやりに気づいたフランセットは、ぎゅっと唇を引き結んだ。クロードは夫として常にこちらに真摯に向き合い、カスタニエ家でどんなふうに育ったかを慮った上で、

「ここでの生活で、君の行動を制限する気はない」「何かしたいことがあれば、叶えられるように努力する」と言ってくれた。

（あんなふうに真心を示してくれる人を、わたしは殺すの？　カスタニエ家のために……？）

私室の前まで来たところで、召し使いが丁寧に一礼して言う。

「では、わたくしはここで失礼いたします」

「ええ。ありがとう」

部屋の中に入ると、窓辺にいたウラリーがこちらを見た。

「ずいぶんとごゆっくりだったのですね」

「クロードさまや護衛騎士の方々、それに兵士の皆さんの鍛錬の様子を、じっくり見学させていただいたの」

「そうですか。フランセットさまに、奥さまからお手紙が届いております。こちらです」

彼女に差し出された封筒を見たフランセットの心臓が、ドクリと音を立てる。

こうしてミレーヌから手紙が届くのは、初めてではない。バラデュール家に輿入れしてから半月も経たない頃から頻繁に送られてきていて、フランセットは無言でそれを受け取るとペーパーナイフで封を切った。

手紙の内容は嫁いだ娘の体調や暮らしを気遣う文言はひとつもなく、延々と小言が綴《つづ》られていた。「わたくしが課した務めについては、一体どうなっているのか」「こちらが頻繁に手紙を送っているのに返信が遅い、誠意がない」「これまで育ててやった恩を一体何だと思っている」——そんな内容が強い言葉で綴られ、読んでいるだけで気が滅入ってくる。

フランセットが小さく息をついて手紙を膝の上に置いたところで、ウラリーが言った。

「わたくしも別にお手紙をいただきましたが、奥さまは現状にだいぶ苛立っていらっしゃるようです。きっとフランセットさまがお返事に具体的なことを書かず、どのように事を運ばれるおつもりなのかがあちらにまったく伝わっていないからですわ」

「…………」

「フランセットさまのお手元には、既に数種類の毒物があるはずです。一体いつ決行なさるご予定なのですか」

言質《げんち》を取ろうとしてくる彼女を見上げ、フランセットは眦《まなじり》を強くして答える。

「暗殺を決行するためには、まずはこちらの環境に馴染んでクロードさまの警戒心を解くこと、そして周囲に良妻だと印象づけることが必要だと最初に話したはずです。もしわたくしが実行犯だと疑われた場合、その累はカスタニエ家に及ぶのですから、事は慎重を期さねばなりません。いつどうやって行動を起こすかは、そのときにならなければわからないもの。

この計画を遂行するのはわたくしなのですから、あなたは口出しをせず黙っていなさい。これは命令です」

いつになく強い口調で命じると、ウラリーが怯《ひる》んだ様子を見せる。

おそらく彼女はカスタニエ家でのフランセットの扱いや普段の言動を見て、すっかりこちらを侮っていたのだろう。

本来であれば侍女が主に対して横柄な口を聞いたり、身体に針を刺すなど断じて許されることではないが、フランセットが強く怒らなかったために「ミレーヌの後ろ盾があるかぎり、自分は何をやっても許されるのだ」と増長したに違いない。

フランセットが目をそらさずにいると、ウラリーが狼狽した様子で視線を泳がせて言った。

「わ、わかりました。ですがフランセットさまが万が一おかしな行動をなさったり、いつまでも行動を起こさない場合は、わたくしがその旨を奥さまに報告いたします。どうかご了承ください」

「ええ。わかっているわ」

彼女が「失礼します」と告げ、そそくさと部屋を出ていく。それを見送ったフランセットは、深くため息をついた。

(これまで誰かに対して強い口調で話したことがないから、まだ手が震えてる。……でも、

クロードさまの暗殺に関してはウラリーに口を出されたくなかった）

本来の目的を思えば、決行の時期を問い質《ただ》してくるミレーヌやウラリーの考えは正しいのだろう。

いくら前準備が必要だとはいえ、おおよその予定だけは立てておくべきなのかもしれない。だが今のフランセットは、自分でも驚くほどそのことについて考えるのに抵抗を感じていた。

（わたし……）

心の中に、クロードの暗殺に対する躊躇いが強くある。

彼がこれまで示してくれた気遣いや優しさ、誠実な人柄を思うたび、「この人を殺すのは本当に正しいことなのか」という葛藤が生まれていた。

領主としてこのリヴィエを治めるクロードは、所領内を精力的に回り、領民たちの尊敬を集めている。

城内で働く使用人たちは誰もがバラデュール家に仕えることを誇りに思っており、兵士たちの士気も高い。デュラン城で暮らすうちに彼が多くの人々から必要とされているのがよくわかり、そんな人物を手に掛けようとしている自分に迷いが生じていた。

（確かに現在のカスタニエ家は政治の中枢から遠ざかりつつあって、辺境伯に任ぜられるのは千載一遇のチャンスなのかもしれない。でも、自分たちにとって邪魔であるという理由か

らクロードさまの暗殺を目論むのはあまりに身勝手だわ）

最初から暗殺には二の足を踏んでいたものの、そんなフランセットを後押ししたのはフィリップへの愛だ。

彼に直々《じきじき》に頼まれ、兄の役に立ちたいと思ったがために暗殺を了承し、今に至る。カスタニエ家の中で唯一自分に優しくしてくれたのがフィリップで、いつしかそんな彼を実の兄だと知りながら愛していたが、ここ最近フランセットの中には心境の変化があった。

（お兄さまがわたしを本当に妹として大切に思ってくれているなら、「バラデュール家に嫁いで、クロードを殺してほしい」とお願いするかしら。もし事が露見したらどうなるかわからないのに）

クロードの傍には三人の護衛騎士たちが常に付き従っていて、隙はまったくない。

彼自身が日々鍛錬を積み重ねている騎士であるため、もしフランセットが暗殺を決行しようとした場合にもすぐ気づかれる可能性があった。その場で斬り捨てられることも考えられ、こちらも命懸けで事に臨まなくてはならない。

だがフランセットにそんな命令を下した二人は自身の手を汚すことなく、ここから離れた帝都レナルで優雅に吉報を待っている。それはとても卑怯なやり方で、「自分はフィリップとミレーヌにとって都合のいい手駒なのだ」という思いが、改めてフランセットの心にこみ上げていた。

（そうよ。カスタニエ家を出発するときにお兄さまがわざわざ抱きしめてくれたのは、そうすればわたしが自分のために働くと考えたから。わたしがお兄さまを好きな気持ちを利用して、クロードさまを消すための暗殺者に仕立てたかったのなら、辻褄《つじつま》が合う）

優しい言葉をかけて出がけに抱きしめてやるのは、実際に実行することの大変さを考えれば造作もないことだろう。それでやる気を出して政敵を始末してくれるなら、安いものだ。

そんなふうに考える一方、兄を信じたい気持ちも依然としてあり、フランセットは顔を歪める。家族とは名ばかりの冷たい屋敷の中、幼い頃からフィリップだけが自分に優しくしてくれた。ミレーヌにどんなひどいことを言われても彼がフォローし、ときに母親を諫めてくれたからこそ、フランセットはあの家で生きてこれたといえる。

（わたしは……）

この期に及んでも思いきれない自分に、フランセットは苦い気持ちになる。

兄の天使のように整った容貌、優しい口調、抱きしめてくれたときの腕の感触を思い出すだけで胸が締めつけられ、思慕を止めることができない。だが同じくらいにクロードの存在も大きくなっていて、彼を殺そうと考えるたびに心に歯止めがかかっていた。

一人きりになった部屋の中で、フランセットは膝の上に置かれたミレーヌからの手紙をじっと見つめる。早急に返事を書かなければ、きっと彼女はまた怒るのだろう。ウラリーも彼女宛の手紙を別に受け取り、フランセットに発破をかけるよう強く申しつけられたと言っていたため、今後はますます圧力が高まるはずだ。

（でも、いつ決行するかを決めるのはわたしの手に委《ゆだ》ねられている。結婚して一ヵ月半しか経っていない今は時期尚早すぎるんだから、しばらくは様子を見て、そうしたら――）

そうしたら、自分はクロードを暗殺するという決断を下せるのだろうか。

周囲にばれないように殺害し、夫を亡くした傷心の妻のふりをしながらカスタニエ家に戻って、あの家にクラヴェル辺境伯の地位をもたらすことができるだろうか。

はたしてクロードを殺した後、フィリップの顔を今までどおりに見られるかどうかはわからない。そんなふうに考え、フランセットは暗澹たる気持ちにかられる。

憂鬱な思いとは裏腹に、窓の外からは眩しい日の光が燦々《さんさん》と差し込んでいた。しばらくそれをぼんやりと眺めたフランセットは立ち上がり、ミレーヌからの手紙を鍵付きの引き出しにしまうと、鏡の前で服装を整える。

そして公爵夫人としての務めを果たすべく、気持ちを切り替えながら部屋を出た。

＊　＊　＊

バラデュール公爵の称号を持つクロードは、日々さまざまな決裁を行う。

公爵家ともなれば所領は広く、家令と会計責任者から荘園ごとの収入や地代、森林や牧草地の管理、川や湖、水車小屋の整備に関わる支出の報告を受け、それを細かく精査して判断し、書類にサインすることが求められる。

週に一度は帝都レナルで行われる議会に参加して、宮殿主催の夜会や他の貴族たちとの社交に顔を出す他、兵の鍛錬もあるために非常に多忙だ。

昼食を終えた午後、書斎で事務仕事をしていたクロードの元に護衛騎士のシャリエがやって来る。彼は執務机の上に書類を差し出して言った。

「帝都から定期報告が届いています。今回は三通です」

「ああ」

手に取ったクロードは、その内容に目を通し始める。シャリエが執務机の前に立って言った。

「これはまだ公表されていない話ですが、皇帝の勅命を受けて動いていたアレオン枢機卿《すうききょう》が、ハシュテット共和国からベーテル島割譲の確約を得たそうです。債務の抵当として一時的にブロンデル帝国に割譲していたもので、ハシュテット側は何とか取り戻そうと躍起になっていましたが、アレオン枢機卿の粘り強い説得に応じたと」

「そうか。では誰がベーテル総督になるかが、次の議会で議題に上がるということだな」

そうしていくつかの報告をした後、シャリエが言う。

「それからカスタニエ家の令息フィリップ卿が、ルグラン男爵に接近しているようです。ここ最近、行動を共にしていることが多いとか」

ルグラン男爵は貿易商として名を馳《は》せ、異国から織物や装飾品などを輸入して大層羽振りがよかったものの、三ヵ月ほど前の大時化《おおしけ》で船が沈没し、大きな借金を抱えているはずだ。

そんな彼に近づくフィリップの目的を、クロードは考える。彼は由緒正しい公爵家の跡取りである自分に誇りを持ち、これまで下位貴族とはあまり交流を持っていなかった。

（……まあ、だいたい想像はつくがな）

小さく息をつき、改めてシャリエを見つめて言った。

「来週の議会で帝都に行ったら、私も少々探りを入れてみよう。ベーテル総督の件で話がしたいから、マリオット卿とネルヴェ卿に繋ぎを取っておいてくれ」

「わかりました」

彼が執務室を出ていった後、クロードはしばらく仕事に没頭する。すると十分ほどして扉がノックされ、十代半ばの小姓が入ってきて言った。

「セルトン子爵令嬢クラリスさまがいらっしゃいました。事前のお約束がないため、お忙しいようなら日を改めるとおっしゃっておられますが、いかがなさいますか」

「会おう」

クラリス・レア・セルトンは子爵令嬢で、クロードの母方の従妹《いとこ》だ。リヴィエから馬車で一時間ほどのところにあるカディオという土地に所領があり、ときどきこのデュラン城を訪れる。

小姓が一旦下がり、立ち上がったクロードは二階にある応接間に向かった。するとしばらくして、二十代前半の令嬢がラシュレーに先導されて姿を現す。

「ごきげんよう、クロード。突然お邪魔してごめんなさい」

彼女は栗色の髪を結い上げ、淡い水色のドレスを身に纏ったきれいな令嬢だ。クロードはクラリスの手を取り、その甲にキスをして挨拶する。

「君がいきなり来るのは、いつものことだろう。今回の用事は何なんだ？」

「帝都レナルにあるセルトン家のお屋敷に行く途中よ。リヴィエは通り道だから、ご挨拶をと思って」

「そうか」

彼女は「それより」と言って目を輝かせてクロードを見た。

「今日はあなたの奥さまにご挨拶ができるかと思って来たの。ほら、クロードとフランセットさまの結婚式は、わたくしが体調不良で出られなかったでしょう？　だから今日はそのお詫びも兼ねて、たくさんお土産を持ってきたのよ」

召し使いたちが、彼女の手土産を次々と部屋に運び込んでくる。クロードは頷いて答えた。

「では、フランセットを呼ぼう」

召し使いの一人にフランセットを呼んでくるように頼んでから十分後、部屋の扉がノックされる。

入ってきた彼女は薄桃色のドレス姿で、袖口にあしらったレースやパニエでふくらませたスカート、ほっそりした身体のラインを引き立てるデザインが優雅だった。クロードはフランセットにクラリスを紹介する。

「フランセット、彼女はクラリス・レア・セルトンといって、子爵令嬢だ。私の母方の従妹で、帝都レナルに行く途中にこの城に立ち寄ってくれた」

「フランセットさま、お初にお目にかかります。セルトン子爵家の娘、クラリス・レア・セルトンと申します」

クラリスがドレスの生地を摘まんで挨拶し、フランセットもそれに応える。

「フランセット・アンヌ・バラデュールでございます。このたびはわざわざお立ち寄りくださり、ありがとうございます」

クラリスは彼女を前に目を瞠り、感嘆のため息を漏らして言う。

「フランセットさまは、とてもおきれいでいらっしゃるのですね。わたくしはお二人のご結婚の際は体調不良で参加できなかったため、今日はお詫びを兼ねてお祝いの品をたくさんお持ちいたしましたの。喜んでいただけるとよいのですが」

その言葉どおり、クラリスは絹やベルベット、タフタやダマスク織といった高価な反物や、フランセットのための羽根飾りをふんだんに使った華やかな帽子、レースの手袋や香水、セルトン家が所領で作っているワインなどを持ち込んでおり、三人で見分する。

その後はお茶を飲みながら話をしたが、快活な彼女は如才なくいろいろな話題を振りまいた。

「わたくしとクロードは従兄妹《いとこ》同士で、幼い頃からお互いの所領を頻繁に行き来してきましたの。現在護衛騎士を務めている三人は幼馴染《おさななじみ》ですからよく知っておりますけれど、昔はびっくりするような悪戯《いたずら》をして大人たちを怒らせていましたのよ」

「そうなのですか？」

クラリスが過去の出来事を面白おかしく話し、クロードはそれに相槌を打つ。

フランセットは控えめに微笑んで聞き役に徹し、やがて一時間ほど経ったところでクラリスが言った。

「そろそろお暇《いとま》いたします。フランセットさま、今日はお会いできて大変うれしゅうございましたわ。ここからカディオまでは馬車で一時間ほどしか離れておりませんし、今度はぜひ当家に遊びにいらしてくださいね。クロードがいなくても大歓迎ですから」

「はい。喜んで」

クラリスが踵を返して扉に向かおうとした瞬間、絨毯に爪先が引っかかって転びそうになる。

クロードは咄嗟に腕を伸ばして小さく悲鳴を上げた彼女の身体を抱き留め、呆れた顔で言った。

「気をつけろ。君は昔からお転婆《てんば》で、足元がおろそかになりすぎる」

「ありがとう。本当ね、気をつけないと」

エントランスまで見送りに下りると、既に城の前に馬車が待機している。クラリスが笑顔でこちらを見た。

「フランセットさま、またお会いできるのを楽しみにしておりますね。では、失礼いたします」

「お気をつけて」

馬車が走り去っていくのを見送りながら、クロードは内心「クラリスは、フランセットの友人としてちょうどいいかもしれないな」と考える。

二人の年齢差は三つで、クラリスは弟がいるために面倒見のいい性格だ。クロードは隣に立つフランセットを見下ろし、提案した。

「フランセット。君さえよければ、クラリスを頻繁にこの城に呼ぼうか」

「えっ？」

「彼女はお喋《しゃべ》り好きで潑剌としているから、君のいい友人になれそうな気がするんだ。今までフランセットは同年代の令嬢と交流がなかったようだが、クラリスとお茶を飲んだり、刺繍をしたりするのはきっと楽しいんじゃないかと思うんだが、どうだろう」

すると彼女は思いがけないことを言われた表情になり、ぎこちなく答える。

「あの……わたくしはうれしいのですが、クラリスさまはご迷惑なのでは」

「そんなことはない。私は彼女の性格を昔からよくわかっているし、きっと二つ返事で承諾してくれるだろう」

それを聞いたフランセットが、遠慮がちに言う。

「はい。……では、お願いしてもよろしいでしょうか」

「もちろんだ。彼女に手紙を書いておくよ」

【第六章】

城の浴室は召し使いたちが毎日手間をかけ、大量の熱湯を運んで浴槽に溜《た》めたのちに適温にしてくれる。

薔薇の香りのお湯にゆっくりと浸かるひとときは、フランセットが一人になれる数少ない時間だ。身体や髪を洗う介助を断っているため、ホッと気を緩めることができる。

だが今日のフランセットの表情は、ひどく冴えなかった。理由は、昼間に初めて会った子爵令嬢のクラリスの存在が気にかかっているからだ。クロードの母方の従妹であるという彼女は、潑剌とした雰囲気のきれいな女性だった。

栗色の髪と青い目の持ち主で、顔立ちがはっきりしていて愛想がいい。これまで同年代の令嬢と交流を持ってこなかったフランセットは、一目見ただけで気後れした。

しかも彼女はクロードと気さくに話しており、彼もクラリスに軽口を叩いていて、二人の親密さにフランセットは疎外感をおぼえた。

（二人は従兄妹同士で、幼い頃から頻繁に行き来していたというから、あれほど仲がいいのは当たり前なのかしら。……でも）

こちらが口下手なのを悟ったのか、クラリスは上手く話題を振り、フランセットを除《の》け者にしないよう気を使っていた。

話をするうちに彼女の裏表のない性格や快活さが伝わってきて、魅力的な女性だということがよくわかる。クロードもいつになく楽しそうな表情を浮かべており、それを見たフランセットはモヤモヤとした。

（クロードさま、あんな顔をして笑うんだわ。……わたしといるときとは全然違う）

二人はとてもお似合いに見え、フランセットはいたたまれない気持ちでお茶を飲んでいた。もっともショックだったのは、絨毯に躓《つまず》いてしまったクラリスをクロードが抱き留めたシーンだ。

彼は何の躊躇いもなくクラリスの身体に触れ、彼女のほうも慌てることなくその手を当然のように受け入れていた。それを目の当たりにした瞬間、フランセットは胃がぎゅっと引き絞られるのを感じた。

（クロードさまにはわたしではなく、クラリスさまのほうがお似合いなんじゃないかしら。この国の法律では、従兄妹同士なら結婚ができるし）

一度そう考えると、あらゆることを深読みしてしまう。

クラリスはフランセットとクロードの結婚式に参列しなかったというが、それは彼を異性として特別に思っているからではないのか。それでいてわざわざフランセットに会いに来たのは、クロードの妻がどんな人間か気になったからではないのか。

そんな解釈をしてしまうのは、フランセットがクロードとまだ本当の夫婦になっていないからに違いない。彼はこちらの身体に触れるものの、「君とそういう関係になるのは、心が通い合ってからでいい」と語り、最後までしようとしなかった。

それを聞いた瞬間、フランセットは自分がクロードに大切にされていると感じたものの、クラリスに会った今は別の意味に捉えてしまう。

（クロードさまがわたしを最後まで抱かないのは、本当はクラリスさまを想っているから？　わたしを妻として愛することができず、それを聞こえのいい言葉で誤魔化しているのだとしたら……）

心にこみ上げたのは、形容しがたい気持ちだった。

彼が自分以外の女性を愛しているのだと思うだけで、胸が強く締めつけられる。クラリスと話しているときのクロードが自然体でとても楽しそうに見えたことは、フランセットに大きなショックを与えていた。

そしてふいに気づく。この感情は嫉妬で、自分はクロードの目がクラリスに向けられていることに耐え難い苦痛を感じている。それは彼に恋愛感情を抱いているからなのだと。

（わたし、クロードさまを好きになってる。……あの方を殺さなければならないのに）

結婚して以降、彼の妻として大切にされるうち、フランセットは今まで抱いてきた寄る辺のなさが慰められたような気がしていた。

クロードが「ここでの生活で私は君の行動を制限する気はないから、何かしたいことがあればどんどん言ってくれ」と言ってくれたとき、フランセットは動揺する反面うれしかった。

これまで誰もそんなふうに言ってくれた人はおらず、いかに自分が窮屈な世界で生きてきたのかがわかる。召し使いが生んだ娘として義理の母親に虐げられ、屋敷の中に閉じ込めて自由を制限されてきたこれまでの人生は、紛れもなく不幸だった。

だがこのリヴィエでの暮らしでは、楽に呼吸ができる。ニコニコと感じのいい使用人たちに世話をされ、騎士や兵士たちは「奥方さま」と呼んで敬ってくれる。それをもたらしてくれたのはクロードで、フランセットが早くこの環境に馴染めるよう、そして周囲から公爵夫人として正しく扱われるよう気を配ってくれていた。

（でも……）

彼にこんな気持ちを抱くのは、僭越《せんえつ》だ。

フランセットが結婚した目的は実家のためにクロードを殺すことであり、最初から彼を欺《あざむ》いている。そんな人間が好きになるのはおこがましく、クラリスとの仲に嫉妬する権利などない。

（そうよ。わたしはあの方を殺すため、少しずつ準備をしてきた。部屋の中には毒を何種類か隠してる）

殺害が最終目的であるはずなのに、これでは本末転倒だ——とフランセットは苦い思いを嚙みしめる。

暗殺対象であるクロードに惹《ひ》かれ、心乱されている。冷静に立ち回り、カスタニエ家に累が及ばぬように完璧にやり遂げなければならないにもかかわらず、今の自分にはそれが難しい。

（クロードさまが、血も涙もないひどい人間だったらよかったのに。そうしたらきっと躊躇いなく毒を盛れたし、良心の呵責《かしゃく》を感じることもなかった）

これからどうするべきかを考え、フランセットの心は千々に乱れる。

もしクロードがクラリスを愛しているなら、こんなに惨めなことはない。彼はフランセットの社交という名目で彼女をこの城に呼ぶと言っていたため、今後も二人が親しげにする様を見せられ続けるのだろう。

仲睦まじい二人の様子を見ているうちにクロードを諦め、彼を殺すという決断ができるだろうか。

（わからない。……わたしはどうするべきなのか）

目に涙がにじみ、フランセットはそれを誤魔化すべくお湯を両手に掬《すく》うと、パシャリと顔に掛ける。

もしクロードの暗殺に迷いが生じているのを察知したら、ウラリーはすぐさまミレーヌに報告するに違いない。ならば表面上は何事もなかったように振る舞うしかなく、フランセットは重いため息をつく。

（何食わぬ顔をして、日々を過ごすしかないんだわ。……わたしには誰も味方がいないんだから）

翌日、フランセットはきれいな箔押《はくお》しの便箋を選び、クラリスに送るお礼状を丁寧にしたためた。

それと同時にミレーヌへの手紙を書いたが、内容は「わたくしに課せられた務めに関しては、充分承知しております」「夏の盛りはまだ先とはいえ、既に暑くなる日もございます。

お義母さまもどうかお健やかにお過ごしください」という無難な内容に留め、封をした。

「これを送っていただけますか」

「はい、承知いたしました」

受け取った手紙を恭しく銀のトレーに載せ、小姓が部屋を出ていく。

それからフランセットはラシュレーの元に出向き、所領内にある教会や孤児院に送る寄付金の額と食料、衣服などを決めて一覧表を作成した。すると護衛騎士を伴ったクロードが廊下を通りかかり、こちらに目を留めて思いがけないことを告げてくる。

「わたくしが、帝都レナルに……ですか？」

「ああ。私は議会に出席するために毎週帝都に戻っているが、まだこちらの暮らしに慣れていないフランセットを同行すると疲れさせてしまうかと考え、今まではあえて誘っていなかったんだ。だが今回は宮殿で皇帝陛下主催の舞踏会があるし、夫婦宛てに招待状が届いているから、どうだろう」

フランセットが即答できずに口をつぐむと、彼が重ねて告げた。

「基本的には私と行動を共にしてもらうが、議会が行われているあいだに友人と会ったり、どこかに出掛けたりするのは全然構わない」

突然そんなことを言われ、フランセットはひどく戸惑う。だが皇帝主催の夜会に夫婦で招待されているのだから、断れば角が立つはずだ。そう思い、ぎこちなく答えた。

「そういうことでしたら、帝都レナルにご一緒したいと思います。ですがわたくしは舞踏会には慣れておらず、クロードさまに恥ずかしい思いをさせてしまうかもしれないのですけど」

「大丈夫だ。私がエスコートするから、何も心配しなくていい」

かくして四日後、フランセットはクロードや三人の騎士たちと共に馬車で帝都レナルへと向かった。

リヴィエから出るのは約二ヵ月ぶりで、馬車の外の長閑《のどか》な田園風景を眺めながら、「カスタニエ家から輿入れしたのが遠い昔のようだ」と考える。今回はクロードが議会に出席しているあいだ、フランセットは帝都にあるバラデュール家の屋敷に向かい、そこで暮らす義両親に挨拶する予定になっていた。

普通なら実家のカスタニエ家に顔を出すところだが、フランセットは迷った末に連絡していなかった。たとえ実家を訪問しても、きっとミレーヌは里帰りした娘を歓迎せず、いつまでもクロードの暗殺を決行しないフランセットを面と向かって罵ってくるに違いない。父とは元々関わりが薄く、会話が弾む関係性ではないため、わざわざ会う意味がなかった。

唯一フランセットが心の拠《よ》り所にしていたのが兄のフィリップだが、ここ最近彼の真意に気づき始めたこともあり、顔を合わせて心穏やかでいられる自信がなかった。

窓の外を見ると愛馬のユーグに跨がって並走するクロードと目が合い、ドキリとする。彼は普段リヴィエとレナルを行き来する際は自身の馬で移動するといい、馬車に乗ることはないらしい。

彼がこちらを見て微笑み、フランセットは気まずく目を伏せた。クラリスの訪問を受けてから、彼とどんな顔をして会話をしていいかわからない。嫉妬めいた気持ちは相変わらず拭えず、夜も「頭痛がする」「疲れているので」と言って何もせず休ませてもらっていた。

(今回わたしを舞踏会に誘ってくれたのは、きっとクロードさまなりに歩み寄ってくれたからだわ。……だったらいつまでもこんな子どもっぽい態度を取るわけにはいかない)

そんなふうに考えるうち、馬車は帝都レナルに入る。

バラデュール家の屋敷は、宮殿に程近いところにあった。白亜《はくあ》の建物の前で馬車を降りたフランセットは、クロードを見上げて「あの」と声をかける。

「ここ数日、クロードさまにひどい態度を取っていて申し訳ありませんでした。クラリスさまのように溌剌としていない自分に劣等感を抱いて、勝手に後ろ向きな気持ちになっていたのです。わたくしが人づきあいが苦手であることは、クロードさまには関係のないことなのに……本当に申し訳ありません」

深く首を垂れると、彼がふっと笑って答える。

「顔を上げてくれ。そんなふうに自分から謝れるフランセットは、素直で真っすぐな性格なんだな。私は何も怒っていないから、気にしなくていい」

「でも……」

「私の両親が、君に会えるのを待っている。さあ、行こう」

クロードの言葉どおり、彼の両親はフランセットを笑顔で歓迎してくれた。

「あなたに会うのは、結婚式以来ね。心のこもったお手紙とお菓子をありがとう」

「私の体調まで気にかけてくれて、うれしく思うよ」

病気療養中のクロードの父エドモンは少し顔色が悪いものの、予想より元気そうでホッとする。それからクロードが議会に出掛けたため、フランセットは義両親とお茶を飲んだ後、義母のセリーヌと共に街中に買い物に出掛けた。

彼女は「あなたが娘になってくれてうれしいわ」と言い、嬉々《きき》としてきれいな扇子や日傘などを買ってくれ、フランセットは心苦しく思う。

（わたしはお義母さまに、こんなふうに優しくしてもらう資格はない。……それなのに）

買い物から戻った後、フランセットはバラデュール家の召し使いたちに手伝ってもらいつつ夜会の準備を始めた。

リヴィエから持ち込んだドレスはアイボリーの生地にシャンパンゴールドの糸で草花の刺繍を施した、豪奢なものだ。袖口にはたっぷりのレースを使い、首回りからスカート部分まで縁取った装飾が優雅で、首元と耳には宝石のついたアクセサリーを飾る。

結い上げた髪に花飾りをあしらうと完成で、身支度を手伝ってくれた召し使いたちが笑顔で言った。

「大変お美しゅうございますわ。きっとクロードさまも喜ばれますよ」

やがてクロードが夜会服に着替えるために屋敷に戻ってきて、支度を終えたフランセットを見て目を瞠った。

「きれいだな。盛装した君は品があって、まるで白い薔薇が咲いたようだ」

「あ、ありがとうございます」

そういう彼は金糸や銀糸の刺繍が見事なフロックコートを羽織り、レースのクラヴァットが優雅さを引き立てている。

スラリとした長身によく似合い、いかにも貴族らしい雰囲気を醸し出していて、思わず顔が赤らんだ。そんなフランセットに、彼が肘を差し出して言った。

「さて、そろそろ時間だ。行こう」

バラデュール家の屋敷から程近いところにある宮殿は、ブロンデル帝国の皇帝が住むのにふさわしい、豪華絢爛な建物だ。

フランセットは社交界デビューのときに一度来ただけだが、中は色鮮やかな天井画と大きなシャンデリア、磨き上げられた調度や彫刻、美術品の坩堝《るつぼ》で、思わず息をのんだ。

(すごい……)

着飾った人々は舞踏会に招待された貴族たちで、こちらに気づいて挨拶してくる。

「バラデュール卿、ごきげんよう」

「ご一緒におられるのは、奥方でよろしいのかな。美しい方だ」

ドキリとして言葉が出ないフランセットをよそに、クロードが笑顔で答える。

「ご無沙汰しております、ベシャール卿、デレル卿。こちらは私の妻のフランセットです」

大広間まではだいぶ距離があったが、そこに到達するまでに彼は何人もの貴族たちに声をかけられ、フランセットはクロードの顔の広さに驚く。

(そうよね。クロードさまは公爵位を持っていて、議会にも参加している上位貴族なのだもの。当然だわ)

宮殿の豪華さ、貴族たちのきらびやかさに免疫のないフランセットは、夜会の雰囲気にすっかり気後れしてしまった。クロードに誘われるがままに同行したものの、やはり自分のような人間は場違いかもしれない。そんなふうに考えたものの、彼は誰と話していても決してフランセットを蔑《ないがし》ろにはせず、相手にきちんと紹介してくれる。

ようやく大広間に到着すると、上座に向かって歩きながら耳打ちしてきた。

「まずは、この舞踏会の主催者である皇帝陛下と皇后陛下に謁見する。他の貴族の夫人たちと同じように振る舞えばいいから、よく見ていてくれ」

「は、はい」

フランセットは緊張しながら謁見の順番を待ったものの、クロードはそんな様子はなく、至って自然体だ。やがて順番が来て二人で前に進み出ると、皇帝レアンドル三世が微笑んで言った。

「クロードか。今宵は奥方も連れてきてくれたのだな」

「お招きいただき、恐悦至極にございます。こちらは妻のフランセットです」

クロードの伯父に当たるレアンドル三世は、皇帝にふさわしい威厳の持ち主だった。隣に座るリゼット皇后が、にこやかに言う。

「とても可愛らしい方ね。カスタニエ公爵家のご令嬢だったかしら」

「は、はい」

「クロードと一緒に参加してくださって、うれしいわ。今宵はどうぞ楽しんでくださいね」

謁見を滞りなく終え、フランセットはホッと胸を撫で下ろす。

招待された貴族たちは入れ代わり立ち代わり皇帝に挨拶をしていて、既に謁見を終えた者たちはワイングラスを手に笑いさざめいていた。フランセットは挨拶する知り合いはいないものの、気がつけば両親やフィリップの姿を探しており、落ち着かない気持ちを押し殺す。

（あの人たちがもしこの場にいたらと思うと、そわそわしてしまう。……顔を合わせてもどんな態度を取っていいかわからないのに）

シャンデリアに照らされた大広間の中は明るく、凝った装飾のマントルピースや最高級の調度が並び、壁には大小の絵画が飾られていて、壁際には休憩するための一人掛けの椅子や布張りの長椅子がたくさん置かれていた。

召し使いたちがトレーに飲み物を載せて行き来し、続き間には料理や果物の用意もされている。クロードが発泡性のワインを取ってくれ、フランセットは「ありがとうございます」と言って喉を潤した。

やがて皇帝が招待客に挨拶し、舞踏会が始まる。着飾った人々がひしめき合うようにして踊る様は壮観で、フランセットはすっかり気圧《けお》されて立ち尽くした。

するとクロードがこちらの手を取り、微笑んで言った。

「私たちも踊ろう」

「は、はい」

彼に誘われるがままフロアに出ると、背中に手を当てて身体を引き寄せられる。

互いの腰が密着し、フランセットはドキリとした。そのまま流れるようなステップでリードされ、フランセットは結婚式のときもこうして踊ったことを思い出す。

あのときはクロードのことを何とも思っておらず、いつどうやって殺そうかと考えていた。だが今は手を握られて身体が密着すると、切ないほどの想いが心を満たす。

（クロードさまはわたしがどんな目的で輿入れしてきたかも知らず、ずっと優しくしてくれている。それなのにわたしは……）

気がつけば彼がじっとこちらを見下ろしていて、フランセットは「何でしょうか」と小さく問いかける。するとクロードが、ふっと笑って言った。

「こうした華やかな場にいるフランセットも、悪くないと思って。気づいていたか？　若い貴族たちが、こぞって君の姿に見惚れていた。『あれは一体どこの令嬢だ』と噂して、人妻だと知ってがっかりしていたよ」

「そうなのですか？」

昔からミレーヌに「あなたは地味で陰気だから、顔を見ているだけで気が滅入るわ」と言

われ続けてきたフランセットは、信じられない気持ちで答える。

「きっとわたくしの顔に見覚えがないので、興味をそそられただけです。人と話すのが苦手ですから、実際にわたくしと接したら皆さんがっかりいたします」

「そんなことはない。私の妻は美しく努力家で、とても謙虚な性格をしている。どこに出しても恥ずかしくない、素晴らしい女性だよ」

甘やかな眼差しで見つめられ、フランセットの心がきゅうっとする。

きらめくシャンデリアに照らされるクロードは貴族然として優雅で、その端整な顔にドキドキしていた。彼の表情はまるでこちらを唯一の女性として愛してくれているように見え、フランセットはそれを都合よく錯覚したくなる。

（わたしのことを、少しは好いてくださっている？　それともクラリスさまが一番だけど、その次に……？）

クロードの愛情を独占できたら、どんなにいいだろう。ふいにそんな考えが頭をかすめ、フランセットは急いで己を戒める。

自分には、そんなことを願う資格はない。もし結婚の目的がカスタニエ家のために邪魔なクロードを暗殺することだと知ったら、彼は一体どう思うのか。

（この方はきっと、わたしを憎むわ。自分の真心を踏み躙《にじ》った悪女だと考えて、今まで優しくしたことを後悔する……）

フランセットはかすかに顔を歪め、視線を落とす。目を合わせるとこちらの醜い性根を見透かされそうで、クロードの顔を見ることができなかった。

やがて曲が終わり、フランセットは彼と共に大広間の中心から脇に下がる。すると三十代とおぼしき貴族の男性が「バラデュール卿」と声をかけてきて、クロードと彼が何やら話し始めた。

するとそれを見計らったように、同年代の夫人と令嬢たちが声をかけてくる。

「バラデュール公爵夫人でいらっしゃいますわよね。普段なかなか社交にお出になりませんから、わたくしたち、一度お話ししてみたいと思っておりましたのよ」

「わたくし、バシュレ侯爵の妻のリュシエンヌと申します」

「わたくしはボードリエ伯爵の娘、ニコルですわ」

フランセットは慌てて自己紹介し、彼女たちとしばし歓談に興じる。

着飾った夫人たちはにこやかに話を振ってくれ、想像より気軽に話すことができた。そうするうちに一人が男性貴族にダンスに誘われてフロアに出ていき、残った女性たちが「談話室に行って、そこで何か飲みながらお話ししませんこと？」と誘ってくる。

フランセットがクロードのほうをチラリと窺うと、彼はまだ先ほどの男性と話し込んでいた。フランセットは女性たちに向き直り、遠慮がちに言う。

「その前に、ちょっとお化粧室に行ってきてもよろしいでしょうか」

「ええ、よろしくてよ」

大広間から廊下に出たフランセットは、化粧室に向かって歩きつつホッと息をつく。

同年代の女性たちとああしてお喋りに興じたことがなく、ひどく緊張していた。彼女たちはこれまで社交に出なかったフランセットに興味津々で、矢継ぎ早に話しかけてくるため、対応するので精一杯だ。

(でもわたしはバラデュール公爵夫人なのだから、ご夫人方とお喋りするのにも慣れなきゃいけないわ。粗相をしないように気をつけないと)

そんなふうに考えたフランセットは、一度化粧室で気持ちを落ち着かせた後、談話室として開放されている部屋に向かう。

だが宮殿内は広く、同じような通路が続くため、途中で迷ってしまった。先ほどの女性たちは「二階にある女性用の談話室にいる」と言っていたが、一体どの部屋なのだろう。

そう考えながら歩いていたフランセットは、ふと前方に目を留めた。そこには一人の青年貴族が細身の令嬢と一緒にいて、ドキリと心臓が跳ねる。

(……お兄さま……)

廊下の先にいるのは、兄のフィリップだ。

彼は金色の飾りボタンがついた唐草模様のフロックコートを羽織っていて、令嬢の腰を抱いてバルコニーのほうに消えていく。

フランセットは複雑な気持ちになりながら、彼らの後を追った。そして二人が消えたバルコニーをそっと覗き込んだところ、緞帳《どんちょう》の向こうでフィリップが令嬢を抱き寄せ、キスをしているところだった。

「……っ」

かあっと頬が熱くなり、フランセットは顔を背けると、急いでその場を後にする。

彼がこの舞踏会に来ていることは何となく予想していたものの、まさか令嬢との逢《あ》い引きに遭遇するとは思わなかった。兄のしぐさはひどく手馴れていて、フランセットは今まで知らなかった彼の一面を目撃し、ひどく動揺する。

（……でも）

フィリップに道ならぬ想いを抱いていたはずだが、他の令嬢と逢い引きしているところを見ても思ったほどのダメージを受けていない。

家族の生々しい場面を見て驚いているというのが大半で、失恋のショックはさほどではなかった。それはフランセットがフィリップとの関係を進展させる気がなかったのも理由のひとつだが、やはりクロードの存在が強くあるからだろうか。

（わたし、いつの間にかお兄さまよりクロードさまのほうを好きになってる。彼を殺すために輿入れしていて、愛される資格などないのに）

そもそも彼は従妹のクラリスを好きなのかもしれず、だとすればこの先自分たちが本当の意味で夫婦になる可能性は低い。だが現状妻として大切にされているだけでも、充分満足するべきなのかもしれない。

そんな思いにかられたフランセットは、廊下の途中で足を止め、目を伏せる。自分の中でフィリップへの気持ちが薄れてきているのは倫理的に考えていいことなのかもしれないが、それに伴ってクロード暗殺についての決心が揺らいできていた。

（わたしはお兄さまのためにクロードさまの殺害を了承したけれど、いくらカスタニエ家のためとはいえ、邪魔となる誰かを暗殺するなんて道理に合わない。……だからもう、諦めたほうがいいのかも）

しかしそう考えた途端、寄る辺のない気持ちがフランセットの胸にこみ上げる。

もしクロードの暗殺を取りやめるといえば、ミレーヌはきっと激怒するだろう。フィリップも失望し、フランセットは帰る家を失ってしまうかもしれない。

元々屋敷の片隅で息をひそめるように暮らしてきたのだから、今さら郷愁を感じるのもおかしな話だ。だがクロードとの関係は盤石ではなく、もしかしたらこの先離縁する可能性もあり、そのときに帰る場所がなくなることがフランセットは不安で仕方がなかった。

（結局わたし、自分のことばかりを考えているわ。利己的で嫌になる）

次第に気鬱を深めたフランセットは、先ほどの夫人たちに合流するのを諦め、大広間に戻ろうとした。すると行く手から、ふいに「あら」と声が響く。

「あなたがなぜここにいるの、フランセット」

「……お義母さま」

そこにいるのは、紫色のドレスに身を包んだミレーヌだった。

彼女は首元に大ぶりな宝石のネックレスを着け、手には優雅な扇子を持っている。一緒にいた夫人たちにミレーヌが会釈をすると、彼女たちは廊下の向こうに去っていった。

ミレーヌがこちらに向き直り、立ち竦むフランセットに歩み寄ってきて言った。

「あなたが皇帝陛下主催の舞踏会に出席しているだなんて、わたくしは何も聞いていないわ。一体どういうことなの」

「それは……その、クロードさまにお誘いされて急遽《きゅうきょ》出席することになったものですから」

本来であれば、嫁いだ娘が実家にいちいち社交の日程を報告する義務などない。ましてや許可を得る必要もなく、彼女の言葉は完全な言いがかりだ。それなのに義母を前にすると萎《い》縮《しゅく》してしまい、フランセットはそれ以上何も言えなくなる。

ミレーヌが「ちょっとこちらにいらっしゃい」と言って、フランセットを角を曲がったところに誘導した。そして振り向き、周りに召し使い以外の人通りがないのを確認すると、高慢な口調で問いかけてくる。

「あなたには言いたいことが山ほどあったのよ。輿入れする際にさんざん言い含めた例の件は、一体どうなっているの」

「それは……」

「手紙で問い質してものらりくらりで、一向に進展しないでしょう。ウラリーからの報告では『準備を少しずつ進めているようだ』とは言っていたけれど、あなたは毎日公爵夫人の真似事に一生懸命で、バラデュール卿と頻繁に外出をしているんですって？　わたくしとフィリップが課した密命を忘れたの」

目の前の義母の圧に胃がぎゅっと締めつけられるのを感じながら、フランセットは口を開く。

「ウラリーにも言いましたが、わたくしなりの考えで事を進めているつもりです。あの方の元に嫁いだからには、公爵夫人としての務めをこなさなければならないのは、同じ立場であるお義母さまはよくわかっておいででしょう」

するとミレーヌが不快そうに目を細め、嘲るように言った。

「あなたとわたくしが、同じ立場？　確かに公爵夫人という肩書きは同じかもしれないけれど、身分卑しい召し使いの血を引くあなたとわたくしは人として根本的に違うのよ。一括《ひとくく》りにするだなんて、僭越にも程があるわ」

「…………」

「いいこと。わたくしたちの役に立たないあなたには、何の価値もないの。これまで当家の令嬢として衣食住を与え、きちんとした教育をしてもらったことに対して感謝の気持ちはないの？　これ以上待たせるなら、わたくしにも考えがあるわよ」

恫喝《どうかつ》する口調で迫られたフランセットは、青ざめて目を伏せる。

本当は彼女の計画に疑義を唱えたかったが、こうして目の前で言われると頭からねじ伏せられる感覚になり、言葉が喉に貼りついて出てこなかった。

そのとき背後から、突然明朗な声が響く。

「――フランセット、ここにいたのか」

弾かれるように振り返ると、そこにはクロードがいてこちらを見下ろしていた。彼の顔を見たミレーヌが、柳眉をひそめてつぶやく。

「バラデュール卿、どうしてここに……」

「カスタニエ公爵夫人、ご無沙汰しております。妻の姿が見えなくなったので心配で探していたところ、話し声がしたのでこちらに来てみたのです」

クロードの姿を見たフランセットは、ひどく動揺していた。

（クロードさまは、今のわたくしとお義母さまの会話を聞いていた？　一体どこから……？）

全身の血が一気に下がる感覚がし、手が冷たくなっていく。

心臓が、ドクドクと速い鼓動を刻んでいた。彼に暗殺計画を聞かれていたかと思うと、どう反応していいかわからない。だが頭の中で反芻してみた会話には決定的な言葉は含まれておらず、当人同士にしか通じない内容だ。

ミレーヌもどうやら同じことを考えていたようで、すぐに表情を取り繕うと、慇懃《いんぎん》な笑みを浮かべて言った。

「お久しゅうございますわね、バラデュール卿。廊下でフランセットの姿を見かけて、驚いて声をかけましたのよ。この舞踏会に出席するとは聞いておりませんでしたもので」

「数日前、急遽私が彼女を誘ったのです。しかしながら、フランセットが自分の行動をいちいち夫人に報告する義務などないのでは？　彼女はもう私の妻で、あなたの庇護下にはないのですから」

すると彼女はピクリと表情を動かし、反論する。

「いくら嫁いだとはいえ、母親が娘の心配をするのは当然ではありませんこと？　この子は社交に慣れておらず、夜会で何か粗相をしては大変だとかねてから懸念していたのです。事前に参加を知っておけば、わたくしが会場で手助けすることもできるかもしれませんでしょう」

「先ほどの会話では、そのようには聞こえませんでしたが？　あなたは恫喝する口調でフランセットを問い詰め、彼女は萎縮して黙り込んでいた。夫人がおっしゃるような、心温まる母娘のやり取りではなかったと思いますが」

クロードが踏み込んだ発言をし、フランセットは驚いて彼を見る。ミレーヌも目を見開くと、引き攣《つ》った口元を手にした扇子で隠して答えた。

「わたくしたちの会話を、盗み聞きしていらっしゃったの？　公爵ともあろう者が、ずいぶんと下卑たことをなさいますのね」

「盗み聞きしていたのではなく、フランセットを探しに来たときにたまたまお二人の話の内容が聞こえてしまったのです。誤解されませんよう」

二人の間に、張り詰めた沈黙が満ちる。

フランセットは彼らの会話に割り込めず、狼狽していた。一触即発の雰囲気だが、公爵家同士が言い争っているのがもし誰かに目撃されたら、外聞がよくない。だがクロードが自分の代わりに怒ってくれているのがわかり、胸の奥がじんと震えていた。

(でも、どうしたらいいのかしら。わたしが口を挟めばお義母さまが激昂《げっこう》するだろうし、わざわざ庇ってくれたクロードさまの顔を潰すわけにもいかない)

そんなふうに考えているうち、ミレーヌがふっと気配を緩める。

そしてクロードを見つめ、ニッコリ笑って言った。

「バラデュール家にフランセットが嫁いで二ヵ月、この子が子どもを生むことに積極的ではない発言をしておりましたから、つい言葉がきつくなってしまったようですわ。貴族の家に嫁したからには跡取りを生むのが女の務め、それをおろそかにするのは母であるわたくしの顔を潰すことだと叱りつけておりましたの」

「………」

「もしわたくしの発言を聞いてご不快に思われたのでしたら、お詫び申し上げます。夫婦のことに口を挟んでしまい、大変申し訳ありませんでした。では、失礼いたします」

ミレーヌはそう言って踵を返し、その場から立ち去っていく。

それを見送ったクロードが、こちらに向き直った。そしてフランセットを見下ろし、問いかけてくる。

「カスタニエ公爵夫人はあのように言っていたが、本当なのか？」

「それは……」

どう答えるのが最善なのか迷ってフランセットが言いよどむと、彼が腕を伸ばして頬に触れてくる。ドキリとして肩を揺らすフランセットに、クロードが穏やかな声で言った。

「顔色が悪い。私が他の招待客と話し込んでしまったために、君はああして夫人にきつい言葉を投げつけられる羽目になってしまったんだな。守ってやれず、すまない」

「……っ」

こちらの気持ちを慮る言い方をされ、フランセットの心が揺れる。彼が言葉を続けた。

「皇帝陛下に謁見し、招待客とも挨拶をした。最低限の義理は果たしたから、今日はもう切り上げて屋敷に戻ろう」

【第七章】

宮殿の敷地内には来訪者が馬車を停める場所があり、現在そこは門扉の外に至るまで舞踏会に招待された貴族たちの随行の者や馬車でひしめき合っている。

フランセットを伴って外に出たクロードを、他家に仕える騎士と立ち話をしていたアルノワが目ざとく見つけて歩み寄ってきた。

「クロードさま、もうお帰りですか」

「フランセットの顔色が悪いので、早めに切り上げて退出してきたんだ。うちの馬車はどこにある?」

「あちらです」

彼が馬車を停めた位置まで案内してくれ、二人で乗り込む。すると隣に座ったフランセットが謝ってきた。

「クロードさま、申し訳ございません。わたくしなら一人でお屋敷まで帰れますから、どうかクロードさまは舞踏会の会場にお戻りになってください」

「言っただろう、義理はもう果たしたのだと。君の体調のほうが心配だ」

宮殿からバラデュール家の屋敷までは目と鼻の先で、出迎えた両親が事情を聞いて心配してくれる。

「皇帝陛下主催の舞踏会ですもの、人の多さに疲れてしまったのかしらね」

「もし体調が悪化したら、遠慮なく言いなさい。医者を呼ぶから」

「ああ。ありがとう」

彼らに礼を述べ、クロードは二階の私室に向かう。

そして着替えを手伝おうとする小姓と召し使いたちに「少し二人にしてくれ」と告げ、扉を閉めると、フランセットを見下ろして告げた。

「座って、少し話をしないか」

「……はい」

彼女が頷き、うつむきがちに長椅子に腰を下ろす。クロードはその隣に座り、フランセットの顔を覗き込んで言った。

「君とカスタニエ公爵夫人の話に突然割り込んでしまって、すまなかった。フランセットが夫人たちと大広間を出ていくのが見えていたから、私は女性用談話室まで迎えに行ったんだ。

すると『化粧室に行くと言ったきり、まだここには来ていない』と言われ、君の行方《ゆくえ》を捜していた」

「……そうだったのですか」

「私が見たとき、カスタニエ公爵夫人は強い口調で問い詰めているところで、君は萎縮しているように見えた。一体どういう話をしていたんだ」

すると彼女は、深呼吸をして答えた。

「義母《はは》が言ったとおりです。わたくしはバラデュール家に輿入れすることが決定したときから、早く跡取りとなる子を生むよう義母から強く言われておりました。ですが、その……クロードさまとはまだ本当の夫婦にはなっていないため、『しばらくは期待に応えることは難しい』と答えたのです。すると義母が激昂して、あのように」

フランセットの話は、筋が通っているように聞こえる。

だがクロードがちょうど二人の会話を聞いたとき、ミレーヌは彼女を「身分卑しい召し使いの血を引く人間」であると口にし、明確に嘲っていた。クロードは重ねて問いかけた。

「あのとき夫人は、『自分たちの役に立たないあなたには、何の価値もない』『これまで育てたことに対して感謝の気持ちはないのか、これ以上待たせるなら考えがある』と強い言葉を使っていた。君が子を生まないことがなぜカスタニエ家にそれほど影響があるのか、私には理解できないんだが」

「…………」

フランセットがうつむき、沈黙する。

何やら目まぐるしく考えていた様子の彼女は、膝の上に置かれた両手をぐっと握ると、意を決したように答えた。

「それは——義母には思惑があるからです。わたくしの結婚に関して」

「思惑？」

「はい。現在宮廷では、クラヴェル辺境伯であるコルベール卿に後継者がおらず、次の辺境伯としてカスタニエ家とバラデュール家の名前が挙がっていると聞きました。違いますか？」

確かにそのとおりだ。

ブロンデル帝国の西部にあるクラヴェル地方は隣国エレディア王国と隣接する地域で、現在そこを治めるコルベール辺境伯には跡継ぎがいない。そのため、新たに辺境伯に任ぜられる候補としてバラデュール家とカスタニエ家の名前が挙がっていた。

クロードは頷いて答えた。

「君の言うように、次期クラヴェル辺境伯の候補として当家とカスタニエ家の名前が挙がっているが、それが一体何の関係が?」

　するとフランセットが、押し殺した声で言う。

「実は……母や兄は、辺境伯の地位を強く欲しているのです。ですがクロードさまは皇帝陛下の甥に当たり、カスタニエ家よりも近しい立場におられます。このままではクロードさまに辺境伯の地位を奪われるのではと考えた二人は、別の角度から考えたのです。わたくしをクロードさまの妻として輿入れさせ、いずれ生まれた子が辺境伯の地位を継げば、それはカスタニエ家のものとなったも同然ではないかと」

　意外な方向に転がった話に、クロードは驚いて眉を上げる。そして怪訝《けげん》な顔でつぶやいた。

「確かに私がクラヴェル辺境伯となり、君との間に生まれた子が後を継げば、それはカスタニエ家の血が混ざっていることになる。だが、それでいいのか?」

「クロードさまもご存じのとおり、義母は非常に誇り高い人です。しかしながら誰を辺境伯に任ずるかは皇帝陛下がお決めになること、現状では分が悪いのはカスタニエ家であり、その苛立ちを誤魔化すためにそうした考えに至ったようです。それでわたくしをバラデュール家に嫁がせるよう父に強く迫り、クロードさまがご了承してくださったために、結婚の運びとなりました」

　フランセットが思い詰めた表情でこちらを見つめ、謝罪してきた。

「――申し訳ございません。このような思惑を抱いて嫁いできたわたくしを、クロードさまがご不快に思われるのは当然です。幸いなことにわたくしたちはまだ正式な夫婦になっておりませんので、どうかこのまま離縁していただけないでしょうか」

　突然彼女の口から〝離縁〟という言葉が飛び出し、クロードは驚く。思わず隣に座るフランセットの二の腕をつかみ、問いかけた。

「何を言っているんだ。私は君と、離縁する気はない。この先も夫婦として暮らしていきたいと思っている」

　するとフランセットがかすかに顔を歪め、「……でも」とつぶやく。

「クロードさまには、他に想う方がいらっしゃるのではありませんか？　その方への想いを断ち切れないために、わたくしと最後までなさらないのでは」

「一体誰のことを言っているのか、わからない。妻のある身で他の女性に恋慕するなど、騎士の風上にも置けない所業だ。フランセットは私をそういう人間だと思っているのか」

　それを聞いた彼女が目を瞠り、こちらを見た。

「……違うのですか？」

「ああ。前も言ったとおり、君を最後まで抱かなかったのは、心の繋がりを重視していたからだ」

「わたくし、クラリスさまとお話ししているときの楽しそうなクロードさまのご様子を見て……自分と一緒にいるときとはまったく違うと感じたのです。笑顔が多く、軽口を叩かれていて、こんなに楽しそうになさるのはクラリスさまを特別に思っているからだと感じました。わたくしと結婚したのは縁談を断りきれなかったからで、本当に想っているのはクラリスさまなのではないかと」

まさかフランセットがそんなふうに思い詰めているとは思わず、クロードはまじまじと彼女を見つめる。

自分なりに真心を尽くして想いを伝えてきたつもりだが、どうやらそれは独り善がりだったようだ。そう考えつつ、クロードはフランセットに向かって告げた。

「私はクラリスを、異性として見ていない。彼女に対して気安い態度なのは、幼い頃からよく知っている妹のような存在だからだ」

「妹……？」

「そうだ。フランセットに対する態度が違うのは、私が君によく思われたいと考えているからかもしれない。好かれたい、夫として愛してほしいという下心があるからこそ、つい恰好つけてしまうんだろう」

クロードは「それに」と言葉を付け足す。

「クラリスはサルドゥ侯爵家の次男と婚約中で、二ヵ月後に結婚することになっているんだ。彼女は婚約者に恋してるから、私などきっと眼中にないよ」

するとフランセットは目を潤ませ、「では」とつぶやく。

「クロードさまは、本当にわたくしを妻として大切にしてくださっているのですか……？」

「何度もそう言っているだろう。フランセットへの気持ちが確かにあるからこそ、カスタニエ公爵夫人に責められているのを見たときに頭に血が上ったんだ。私の妻を傷つける者は、相手が誰であろうと許せない。たとえそれが君の親であっても」

それを聞いた彼女の目から、涙がポロリと零れ落ちる。フランセットが小さな声で言った。

「クロードさまもご存じのとおり、義母はわたくしの実母ではなく、幼少期からきつく当たられておりました。先ほどは廊下で偶然顔を合わせ、面と向かって強い口調で責められると何も言えなくなってしまって……弱い自分が嫌になります」

絞り出すような声音には劣等感と自己嫌悪がにじんでおり、クロードは痛々しさをおぼえる。

フランセットは可憐で美しく、女性として充分な魅力を備えているのに、義母に抑えつけられて育ったせいで自己肯定感が低いのが見ていて歯痒かった。クロードは腕を伸ばし、彼女の髪を撫でながら口を開いた。

「私の想いは何度も伝えているが、フランセットの気持ちを聞いていない。君は私をどう思っているんだ」

「それは……」

「カスタニエ公爵夫人の思惑は別として、私はフランセットを本当の意味で妻にしたい。その結果子どもができたら、とてもうれしいと思う」

　フランセットの顔が、かあっと赤らんでいく。クロードは重ねて告げた。

「だが、強要するつもりはない。これまで夫人に早く子どもを生むように言われてきたフランセットは重圧を感じていただろうし、反発をおぼえても当然だ。でももし私に対して愛情があり、この先も一緒にいたいと考えてくれているなら、必ずフランセットを守ると誓う。夫人に会いたくないなら会わなくていいし、今後は私が全力で盾になるつもりだ」

「………」

「だから君の気持ちを聞かせてくれないか」

　クロードは急《せ》かさず、彼女の返事を待った。

　フランセットの緑色の瞳が揺れ、ひどく葛藤しているのが伝わってくる。彼女の言い分が確かなら、彼女は結婚当初からこちらに対して複雑な思いを抱いていたのだろう。もし生理的に受け付けないタイプなら、そんな夫との間に子どもを作れと強要されるのは耐え難いことのはずだ。

（……でも）

この二ヵ月近く接してきて、クロードはフランセットに嫌われていないという手ごたえがあった。夜ごとの行為は次第に甘さを増し、彼女のほうからしがみついてくることも多々ある。何より先ほどの「クラリスとの仲を誤解していた」という発言には紛れもなく嫉妬の感情がにじんでいて、いじらしさを感じた。

長い葛藤の末、フランセットが深呼吸をする。そしてこちらを見つめ、小さな声で答えた。

「わたくしは……クロードさまをお慕いしています。結婚は義母の強い希望によって成立したものですが、リヴィエで暮らすうちにあなたの誠実な人柄に心惹かれるようになりました。そのため、クラリスさまと親しげになさっているのにショックを受けて、分不相応な嫉妬の感情をおぼえてしまったのです」

それを聞いたクロードは心から安堵しながら、微笑んで言った。

「分不相応などということはない。嫉妬をするなら、妻である君に一番その権利があるのだから」

フランセットへの強烈ないとおしさを感じたクロードは、彼女の身体を抱き寄せる。

華奢な骨格と柔らかな感触にじんと胸が疼き、思わず抱きしめる腕に力を込めると、フランセットがわずかに身じろぎした。クロードは彼女の耳元に唇を寄せ、ささやいた。

「――君を抱きたい。今すぐに」

「えっ」

「私がこれまで、どれほどの我慢を重ねてきたと思ってる。夜ごと君の身体に触れ、甘い声を聞くたびにその先の行為に進みたい気持ちでいっぱいだった。それでもフランセットの気持ちを優先したいと思い、君が心を開いてくれるまではと己に強く言い聞かせていたんだ」

するとフランセットがひどく狼狽し、こちらの胸をやんわりと押しながら言った。

「あの、クロードさまのお気持ちは……うれしく思います。でも今は舞踏会から帰ってきたばかりで、ドレスも脱いでおりませんし、その」

「………」

「い、嫌なわけではないのです。どうか湯浴みだけさせていただけないでしょうか」

必死に言い募るその顔にはこちらに対する嫌悪はなく、むしろ瞳に切実なまでの恋情をたたえていて、クロードはふっと気配を緩める。

そして彼女の頬に触れ、微笑んだ。

「わかった。では、湯浴みを済ませて戻ってきてくれるか」

「はい。……ありがとうございます」

クロードが鈴を鳴らして召し使いを呼んでくれ、フランセットは別室で夜会用のドレスを脱ぐ。

優雅なシルエットを出すためにあちこちがピンで留められているため、脱ぐのには時間がかかった。数人がかりにされるがままになりながら、フランセットは先ほどのクロードとのやり取りを反芻する。

（お義母さまとの話の内容、何とか上手く誤魔化せてよかった。暗殺目当てで輿入れしてきたなんて言えないから、どうにか辻褄を合わせるしかなかったけど）

クロードが自分を庇い、ミレーヌに毅然《きぜん》として言い返してくれたときはうれしかった。

しかしその後彼女の話の内容を追求されてしまい、ある程度情報を開示しなければ言い逃れができないと考えたフランセットは、必死に整合性を考えながら説明した。

クロードがその話を信じ、その流れでクラリスを異性として見ていないことやこちらに妻として愛情を抱いてくれていることがわかったのは、僥倖《ぎょうこう》と言っていいだろう。先ほどからフランセットの胸は高鳴っていて、この後の流れを考えると期待と不安でいっぱいになる。

＊＊＊

（わたしは……クロードさまが好き。あの方がわたしを妻として欲してくれているなら、その気持ちに応えたい）

まだ根本的な問題は片づいておらず、クロードに言えないこともある中で彼に抱かれるのは、誠実ではないのかもしれない。

それでもフランセットは、クロードへの想いを抑えることができなかった。互いに同じ気持ちでいるのなら、もっと彼に近づきたい。

そんなふうに考えながら湯浴みを終え、召し使いに髪の水気を丁寧に拭いてもらったフランセットは、寝室に向かう。すると優美な一人掛けの椅子に座ったクロードが、酒のグラスを手に読書をしているところだった。

「お、お待たせして申し訳ありません」

彼はシャツとスラックスというくつろいだ恰好で、いくつかボタンが開いている胸元から素肌が覗き、フランセットはドキリとする。

クロードがわずかに残っていたグラスの中身を飲み干し、読んでいた本をサイドテーブルに置いた。そして椅子から立ち上がり、こちらに手を差し伸べて言う。

「――おいで」

戸口に立ち尽くしていたフランセットは、彼に歩み寄る。すると強い腕に引き寄せられ、強く抱きしめられた。

「ん……っ」

覆い被さるように唇を塞がれ、喉奥から声が漏れる。

クロードの舌が口腔に押し入り、舌同士をぬるりと絡められた途端、肌が粟立った。表面を擦り合わせつつ口蓋をくすぐられ、ゾクゾクした感覚が背すじを駆け上がる。

唇を離した彼がフランセットの身体を抱き上げ、ベッドの上に下ろした。室内にはあちこちに薔薇の花が生けられ、かぐわしい香りを放っている。ベッドの横にはピンクの大輪の薔薇が飾られていて、ロマンチックな雰囲気を引き立てていた。

覆い被さって深く口づけられ、フランセットはクロードの身体のみっしりとした重さに息を詰まらせる。

「……っ、ぅっ、……ん……っ」

キスはもう何度もしているのに、いつにも増して胸がドキドキしていた。

普段のクロードはこちらの身体を一方的に高めるだけで、フランセットはそれがひどく歯痒かった。しかし今日はついに繋がることができるのだと思うと、身体の奥にじんと熱が灯る。

彼の手が夜着の胸元のリボンに掛かり、解いていく。すると前がハラリとはだけ、胸のふくらみがあらわになって、フランセットはかあっと顔を赤らめた。

「あ、……」

クロードの手がふくらみをつかみ、先端部分を舌で舐めてくる。

濡れた感触にそこはすぐに芯を持ち、つんと尖るのが恥ずかしかった。乳暈ごと強く吸われ、フランセットは皮膚の下から湧き起こる甘い疼きに足先を動かす。熱くぬめる舌に繰り返し舐められ、ときおりやんわりと歯を立てられると、呼吸が乱れて仕方がなかった。

「あっ……んっ、……う……っ」

いつもより執拗《しつよう》な愛撫にフランセットが視線を向けると、胸のふくらみをつかんで先端にじっくりと舌を這わせるクロードと目が合う。

普段は涼やかな彼だが、今はその青い瞳に押し殺した情欲をにじませており、フランセットはドキリとした。クロードがかねてから我慢を重ねていたというのがその眼差しで如実にわかり、この後のことを考えると身体が熱くなる。

(ただ触れられるだけでも気持ちいいのに、実際にこの方に抱かれてしまったらわたしはどうなるのかしら。はしたない声を出さないようにしないと)

そう考え、何とか嬌声を抑えようとするフランセットだったが、脚を広げて秘所に舌を這わされるとそれは難しくなった。

花弁をねっとりと舐め上げられ、上部にある敏感な花芽を舌で押し潰される。そうかと思うと音を立てて吸われ、フランセットは甘い悦楽に身をよじった。

「はぁっ……ぁ、……ん……っ」

舌で舐め回され、目も眩《くら》むような愉悦に白い太ももがビクビクと震える。

蜜口がわななき、そこからトロトロと愛液が溢れるのがわかって、恥ずかしさで頭が煮えそうになった。腕を伸ばしてクロードの頭に触れると、彼がその指を握り込んでくる。そしてフランセットの手を離さないまま蜜口にじゅっと吸いついてきて、ビクッと腰が跳ねた。

「んぁっ……！」

溢れ出た蜜を音を立てて啜られ、熱い舌が這い回る感触にフランセットは懊悩《おうのう》する。

恥ずかしくてやめてほしいのに、気持ちよくて仕方がない。長いこと快楽だけを教えられた身体は愛撫に敏感に反応し、媚肉が蠢きながらクロードの舌を奥に誘い込もうとしていた。

やがてさんざん高められたフランセットは、高い声を上げながら悦楽を極める。目の前が真っ白になるような感覚に息を乱し、ぐったりと褥に横たわると、クロードが上体を起こした。

（あ、……）

シャツに手を掛けた彼がボタンを外し、それを脱ぎ捨てる。

すると鍛え抜かれた身体があらわになり、フランセットはドキリとした。服を着ているときはわかりづらいが、クロードの身体は実用的な筋肉がつき、胸板が厚く腕もしっかりしている。

その身体つきは若い獣のようにしなやかで、男らしい色気をたたえており、思わず見惚れてしまった。するとこちらの視線に気づいた彼が、チラリと笑って言う。

「普段は清楚な君が、そんな目をするなんて。男の身体を見るのは初めてか？」

「は、はい」

「君の夫の身体だ、よく見るといい」

クロードがそう言って下衣をくつろげ、いきり立った自身をあらわにする。

それは硬く充実していて、雄々《おお》しい形をしていた。幹の部分は太く、表面に血管を浮かび上がらせていて、丸い先端には切れ込みが入っている。想像以上に大きく質量がありそうな性器を前に、フランセットは青ざめた。

（どうしよう、こんなに大きなものがわたしの中に入るの？）

するとそんな戸惑いが伝わったのか、彼がこちらの頬を撫でて言う。

「大丈夫だ。君の身体は今までさんざん慣らしてきたんだから、ちゃんと挿入る」

「……っ、でも……」

「心配なら、もう少し慣らそうか」

そう言ってクロードが蜜口から指を挿入してきて、フランセットは声を上げる。

潤沢な蜜をたたえた隘路は苦もなく彼の指をのみ込み、粘度のある水音が立った。そのまま抜き差しされ、愛液を掻き出される感覚にフランセットはきゅうっと指を締めつける。クロードの指は長く、最奥を捏《こ》ねられると肌が粟立つほどの快感があった。

「あっ……はぁっ……ん……っ」

ビクビクとわななく内壁が指を締めつけ、再び達しそうになったフランセットは彼の二の腕を強くつかむ。

すると彼が指を引き抜き、代わりに充実した自身を蜜口にあてがってきた。

「ぁ……っ」

丸い亀頭を押しつけられ、中に埋められる。

そのまま熱い塊が中に押し入ってきて、軋《きし》むような痛みにフランセットは呻いた。硬く張り詰め、太さのある昂ぶりが徐々に埋められていくのが、怖くてたまらない。

隘路を少しずつ進むクロードの動きは慎重だったが、拡《ひろ》げられた入り口にも内壁にも鈍い痛みを感じた。フランセットは浅い呼吸を繰り返しながら、圧倒的な質量に征服されていく感覚に喘いだ。

「は……っ、ぁ……」

「もう少しだ」

やがて彼の腰が密着し、切っ先が最奥に届いて、フランセットの目からポロリと涙が零れ落ちる。それを唇で吸い取り、クロードが吐息交じりの声でささやいた。

「狭いな。だが、上手に全部のみ込んでる」

「ううっ……」

ズルリと屹立を引き抜かれ、再び深いところまで埋められて、フランセットは呻く。

何度かそれを繰り返すうち、愛液のぬめりで彼の動きがスムーズになった。一分の隙もなく密着した内襞が剛直をきつく締めつけ、その太さや大きさを伝えてくる。腰を押し回すようにされると接合部が淫らな水音を立て、フランセットはクロードの腕を強くつかんだ。

「あ……っ、はっ、……ぁ……っ」

ゆっくりとした動きで繰り返し奥を突かれ、そのたびにさざ波のような愉悦が背すじを駆け上がる。

いつしか最初に感じていた疼痛は和らぎ、挿れられたものの大きさを強く意識していた。

フランセットの声に苦痛がないのを感じ取ったのか、彼の動きは次第に大胆になっていく。

身体が揺さぶられて上にずり上がり、そのたびに強い腕に引き戻された。内壁を余さず擦りながら抽送し、ときおりぐりぐりと最奥を抉る動きに、フランセットの肌が粟立つ。

「あぁっ……んっ、……それっ……」

「ここが悦いのか？　中がビクビク反応してる」

「あっ、あっ」

ぐちゅぐちゅと聞くに堪えない水音が響くが、フランセットはそれに頓着している余裕がない。

絶え間なく与えられる愉悦に呼吸もままならず、ただ声を上げることしかできなかった。クロードのほうも快感があるのか、ときおり熱い息を吐く姿がひどく色めいている。額ににじんだ汗で髪がわずかに貼りつき、こちらを見下ろす目には強い欲情がにじんでいて、その男っぽさにゾクゾクした。

愛液でぬめる柔襞の感触を味わい尽くすように、屹立が繰り返し奥まで押し入ってくる。互いの肌が汗ばみ、触れ合うたびにぬるぬると滑って、それすらもフランセットの官能を煽っていた。

「あっ……はっ、クロード、さま……っ」

潤んだ眼差しを向け、上擦った声で呼びかけると、彼が上に覆い被さってささやいてくる。

「可愛いな、フランセット。私を受け入れるのは初めてなのに、こんなに乱れて……時間をかけて慣らしてきた甲斐があった」

「ん……っ」

唇を塞がれ、熱い舌に口腔を蹂躙されて、フランセットは喘ぐ。

どこもかしこもクロードに埋め尽くされる感覚に、眩暈がした。剛直は相変わらず体内を穿ち、すっかり蕩《とろ》けた内部がわななきながら締めつけている。同時に胸の先端も弄られると身体がビクッと震え、フランセットは嬌声交じりの声で訴えた。

「ぁ……っ、待っ……」

「どこもかしこも、感じやすい。ほら、また中が締まった……」

「んん……っ」

胸の先端を摘ままれ、痛みと紙一重の快感に眉根を寄せる。

蜜口は肉杭を根元まで咥《くわ》え込み、律動のたびに彼の下生えが花芽に擦れて、甘い愉悦を伝えてきていた。次第に切羽詰まった気持ちになったフランセットは、息も絶え絶えに訴える。

「クロードさま、もう……っ」

するとクロードが、より強く腰を押しつけながらささやいた。

「わかった。——では出すよ」

律動を速められ、何度も腰を打ちつけられながら、フランセットは高い声を上げる。

ずんずんと突き上げられるたびに目が眩むような快感があり、嵐のような激しさにただ目の前の彼にしがみつくことしかできない。

やがて切っ先がひときわ奥にめり込んだ瞬間、フランセットは背をしならせて達していた。

「あ……っ！」

ほぼ同時にクロードもぐっと奥歯を嚙み、最奥で射精する。

熱い飛沫《ひまつ》が放たれ、内襞が搾り取るように蠢いた。彼が二度、三度と腰を打ちつけ、ありったけの欲情を吐き出した後で充足の息をつく。そのすべてを受け止めたフランセットは、ぐったりと身体を弛緩させた。

「はぁっ……」

絶頂の余韻に震える隘路が、ビクビクと屹立を締めつけている。

肌はすっかり汗ばみ、呼吸が乱れていた。そんなフランセットに覆い被さり、クロードが唇を塞いでくる。

「ん……っ」

緩やかに舌を絡められ、フランセットはおずおずとそれに応える。

初めての情事の後のキスは親密さを増して甘く、口づけは次第に熱を帯びた。甘い舌の感触を堪能した彼は微笑むと、こちらの目元にキスをして感慨深げにささやく。

「やっと君を、私のものにできた。どこかつらいところはないか？」

「その……、いえ」

本当はいまだ彼を咥え込んだままのところがじんじんと疼いていたが、そうとは言えずに曖昧に答えると、クロードが慎重に自身を引き抜く。

すると中に放たれたばかりの体液が蜜口から溢れ、その感触にかあっと顔が赤らんだ。彼は一旦ベッドを下りると、箪笥《コモード》の上にあった柔らかい布を水で濡らして戻ってくる。

そしてフランセットの秘所を丁寧に拭い、その身体を抱き寄せて横たわった。裸のクロードの胸に頬を寄せる形になったフランセットは、じんわりと頬を赤らめる。今までこんなふうに素肌を触れ合わせて眠ったことはなく、自分たちが結ばれたのだという実感がじわじわと湧いてきていた。

彼の胸は引き締まって硬く、まだわずかに汗ばんでいたものの、その匂いとぬくもりを間近に感じるのは決して嫌ではない。だが疲労のせいか急速に眠気が襲ってきていて、瞼が重くなった。

するとそれに気づいたクロードが、こちらの髪に触れて問いかけてくる。

「どうした、疲れたか？」

「……はい」

「初めてなのに、無理をさせた。このまま眠るといい」

優しい声音に胸の奥がじんとし、フランセットはそっと顔を上げて彼を見つめる。

抱えている秘密はまだすべて打ち明けてはおらず、そんな状態でクロードに抱かれてしまった現状が正しいのかどうはわからない。だが身体を繋げたことで彼への気持ちはより明確になり、心には切ないほどの恋情があった。

（わたし……）

考えなければならないことがあるのに、次第に瞼が重くなる。

クロードの規則正しい心臓の鼓動に安堵をおぼえ、フランセットはいつしか深い眠りに落ちていた。

＊＊＊

腕の中のフランセットが、穏やかな寝息を立て始める。それを見つめたクロードは、満ち足りた気持ちで微笑んだ。

（突然「離縁してくれ」と言われたときは肝が冷えたが、何とかいい形に収まってよかった。フランセットの気持ちも聞けたしな）

彼女が切実な瞳で「わたくしはクロードさまをお慕いしています」と言ってくれ、クラリスとの関係に嫉妬したのを謝ってきたことを思い出すと、心が疼く。

カスタニエ家で抑圧されて育ってきたフランセットは、これまで自分の意志を強く主張したことはなかったのかもしれない。そんな彼女が勇気を出して自分への想いを示してくれたのを思うと、クロードの中に「何としてもフランセットを守らなければ」という気持ちがこみ上げる。

(カスタニエ公爵夫人の性格からすると、今後も何らかの横槍を入れてこないとも限らない。それにフィリップ卿の動きも気になる)

現在の当主はロラン・オレール・カスタニエだが、クロードから見た彼は辺境伯の地位に興味があるようには感じない。

社交好きのロランは夜会や競馬、狩猟などに夢中になっており、有事の際に最前線に立たなければならない役割を回避したがっているように見えた。だがフランセットいわく、公爵夫人のミレーヌと息子のフィリップは辺境伯の地位に並々ならぬ関心を抱いているらしい。

(ここ最近、フィリップ卿はルグラン男爵のみならず幅広い貴族たちを積極的に社交に誘っていると聞く。だとすればそれは、おそらく根回しのためだ)

フィリップはバラデュール家を出し抜いて辺境伯の地位を手に入れるため、貴族たちを自分の側に引き入れるべく画策しているに違いない。

そうした動きを察知していたクロードにとって、フランセットの発言は彼の行動を裏付けるひとつの材料になった。今後はそうした動きが活発化するかもしれず、カスタニエ家の娘である彼女が何らかの形で巻き込まれる可能性も否めない。

そんなフランセットは、今クロードの腕の中で寝息を立てている。この二ヵ月近く彼女の身体には触れても最後まではしなかったが、先ほど抱いたことでクロードはフランセットに対する想いがより強くなったのを感じていた。

自分の妻となった彼女を、何よりも大切にしたい。そう思う一方、狭い内部に押し入ったときの甘美な愉悦がよみがえり、再び欲望が頭をもたげそうになる。

(……落ち着け。ついさっき破瓜《はか》の苦痛を味わわせたばかりなのに、二度も抱くのはフランセットにとって酷だ)

頬に影を落とす長い睫毛と可憐な容貌、剥き出しの細い肩がいとおしく、クロードはフランセットを改めて抱き寄せてその髪に鼻先を埋める。

そうするうちに眠り込んでいて、目が覚めると外は既に明るくなっていた。腕の中で彼女が身じろぎする気配がし、クロードはぼんやりと目を開ける。するとこちらを見ていたフランセットと目が合い、彼女がひどく狼狽して顔を伏せながら言った。

「お、おはようございます……」

「おはよう」

小さな耳が真っ赤になっており、それを見たクロードはフランセットが恥ずかしがっていることに気づく。

これまでも夜は同じベッドで眠っていたが、昨夜は初めて抱き合い、互いに裸のままだ。男の身体に免疫がないらしい彼女はどうしていいかわからないらしく、クロードはフランセットの乱れた髪を撫でて問いかけた。

「身体の具合はどうだ。どこかつらいところは」

「あの……だ、大丈夫です」

「そうか、よかった。今日は議会の終了後にリヴィエに戻ることになるが、帰る前に少し街に出ようか」

彼女が不思議そうな顔をして「街、ですか?」とつぶやき、クロードは頷いて言う。

「ここは皇帝陛下のお膝元だから、リヴィエとは比べ物にならないくらいに栄えている。君は帝都で育っても、ほとんど外出したことはなかったんだろう？　少し街中を歩くのも楽しいと思わないか」

するとフランセットがおずおずと視線を上げ、小さな声で言う。

「はい。でも、クロードさまはお忙しいのでは」

「今日の議会は、午前で終わるんだ。昼食後にこの屋敷に戻ってくるから、すぐに出掛けよう」

朝の身支度を終えたクロードは、護衛騎士一人を伴って宮殿近くの議事堂に向かう。

今日の議題は、昨日に引き続きハシュテット共和国から割譲される予定のベーテル島についてだ。ハシュテット共和国がアレオン枢機卿の説得に応じたもので、誰が総督になるかが議題に上がるのはクロードの予想どおりだった。

総督は植民地などで政務や軍務を統括する立場で、母国との連携を密に取りつつ現地を上手く治め、他国の干渉も撥《は》ねのけなければならないために人選が重要になる。議会は候補者の選定で紛糾したものの、結局クロードも推薦人として名を連ねたセネヴィル侯爵に決定し、閉会した。

その後、数人の貴族たちと昼食を取ったクロードは屋敷に戻る。そしてリヴィエの帰途につくまでのわずかな時間、フランセットと共に帝都レナルの街中を散策した。

大路に並ぶ店は帝都にふさわしく洗練されており、貴族御用達の仕立て屋や宝飾店、雑貨店の他、パン屋や肉屋、菓子店など、その数は目移りするほどだ。

クロードは目についた店に次々に入ると、フランセットに似合いそうなドレスと靴、香水などの小物や、大きな宝石がついたアクセサリー、帝都でしか買えない珍しい菓子などを大量に購入した。

金に糸目をつけない買い方に、フランセットが慌てた顔で言う。

「クロードさま、こんなに買っていただかなくても、わたくしは手持ちのものが充分ございますから」

「私が君に贈り物をしたいんだ。自分の妻を美しく着飾らせるのは、男の甲斐性だからな」

商品をすべて荷馬車に積み込み、両親に挨拶をした後、リヴィエに出発する。

馬車で二時間かけて夕方にはデュラン城に到着し、降り立ったフランセットはどこかホッとした顔を見せていた。城の入り口で出迎えた使用人たちが「おかえりなさいませ」と頭を下げる中、彼女の侍女であるウラリーが進み出て言う。

「お召し替えのお手伝いをいたしますので、こちらへ」

そのときクロードは、ウラリーを前にしたフランセットの表情が硬くなるのがわかった。本来なら実家から連れてきた侍女は腹心の存在となるはずだが、考えてみればこの城に来てからの二人が打ち解けている様子を目撃したことはない。

（……そうか。ウラリーは、カスタニエ公爵夫人がつけた侍女だという可能性があるのか）

だとすれば侍女というより監視役の意味合いが強く、フランセットにとっては心を開けない存在なのかもしれない。

そう考えたクロードはフランセットの背中を抱き、歩き始めながら言った。

「着替えは後でいい。しばらくは誰も部屋に来ないでくれ」

家令のラシュレーが「承知いたしました」と一礼し、ウラリーが不本意そうな顔で黙り込む。緋色《ひいろ》の絨毯敷きの廊下を進みながら、フランセットが戸惑った表情でつぶやいた。

「クロードさま、どうして……」

クロードは答えずに階段を上がり、夫婦の寝室に入る。そして彼女に向き直って言った。

「君はウラリーと接するとき、どことなく緊張しているように見えた。もしかして彼女が苦手なのか？」

「それは……」

「そういえば、このあいだ君が練兵場に来たときもウラリーではなく他の召し使いが付き添っていたな」

するとフランセットが目を伏せ、小さな声で答えた。

「実はウラリーは、義母がつけた侍女なのです。そのせいかわたくしに対する目が厳しくて、なかなか打ち解けられていないのが現状です」

彼女は当たり障りのない言い方をしてるが、ウラリーがカスタニエ公爵夫人の権力を笠に着るタイプなら、きっと主を主とも思わない態度を取っているのだろう。

そう結論づけたクロードは、彼女に提案した。

「今日からフランセット付きの侍女は、他の者に代えよう。ウラリーには他部署に移ってもらう」

「えっ？」

「言っただろう、私が君を守ると。フランセットには、この城でできるだけ穏やかに過ごしてほしい。欠片も傷をつけたくないんだ」

ウラリーの存在が日常生活の中で重圧になっているのなら、バラデュール家の当主である自分の権限で彼女を遠ざける。

そんなクロードの言葉に、フランセットが瞳を揺らして言った。

「……いいのでしょうか。わざわざカスタニエ家からついてきたのですから、ウラリーは侍女の任を解かれると不満に思うのでは」

「他の召し使いたちから彼女の仕事ぶりを聞き取った上で、能力にふさわしい部署に配置転換する。私とラシュレーが考えることだから、フランセットは何も気にしなくていい」

すると彼女が目に見えてホッとし、微笑んで言う。

「ありがとうございます、クロードさま。お気遣いいただけてうれしいです」

「――……」

その笑顔を見た瞬間、心が疼いたクロードは、思わず目の前のフランセットの身体を引き寄せる。そして細い肩口に顔を埋めてささやいた。

「そんな可愛い顔を見せられたら、駄目だな。我慢できなくなる」

「えっ……？」

「今日は朝の身支度をしているときも、議会に出席しているときも、君のことばかりが頭に浮かんで離れなかった。昨夜私の腕の中でどんなふうに乱れたか、その反応をつぶさに思い出して」

それを聞いた彼女が、かあっと顔を赤らめる。クロードは言葉を続けた。

「帝都レナルで買い物をしていたときもそうだ。君の細い身体や白い胸元を見るたび、早く触れたくて仕方なかった。今までさんざん我慢してきたせいか、歯止めが利かなくなっている」

腕の力を緩め、わずかに身体を離したクロードは、フランセットに問いかける。

「――抱いていいか」

「あの……ぁっ！」

答えを聞かず、彼女の身体をひょいと抱き上げたクロードは、ベッドに運ぶ。

そして褥の上に横たえ、上に覆い被さりながらささやいた。

「拒まないでくれ。……優しくするから」

「ん……っ」

唇を塞ぐと、フランセットがくぐもった声を漏らす。

昨夜は情事の後にしたキスにおずおずと応えてくれた彼女だったが、今はまったくそんな余裕がないようだった。逃げる舌を絡め取り、喉奥まで探る。そうしながらもクロードはドレスの胸元をぐっと引き下ろし、眩しいほどに白い胸のふくらみをあらわにした。

「ぁ……」

フランセットが顔を赤らめ、こちらの二の腕をつかむ。

それをものともせずにふくらみをつかんだクロードは、淡く色づいた頂を舌先で舐めた。形の美しいそこは手の中で淫靡にたわみ、つんと勃ち上がる。少し強めに吸いつくとフランセットが身体を震わせ、感じ入った声を上げた。

「はぁっ……」

コリコリとした感触を楽しみながら舐め回し、ときおりやんわりと歯を立てる。

左右を交互に愛撫しつつスカートの裾をたくし上げ、クロードはレースの下着越しに花弁の割れ目をなぞった。すると彼女が狼狽し、手を伸ばして押し留めてくる。

「……っ、そこは……」

下着の中に手を入れて直に触れると、そこは既に潤んではいるものの、昨日の行為でわずかに腫れぼったかった。

「痛むか？」

「……少し……」

「なら、こっちはどうだ」

花弁の上部にある花芽を指で捉え、ゆるゆると撫でる。すると敏感なそこはすぐに硬くなり、指の腹を押し戻してくるようになった。指を動かすたびにしとどに溢れた愛液で淫らな水音が立ち、フランセットが腰を跳ねさせる。

そして快感に潤んだ瞳でクロードを見つめて訴えてきた。

「クロードさま……召し使いたちに声が聞こえてしまいます……っ」

「しばらくは誰も来るなと言ったから、わざわざドアを開ける者はいない。それにたとえ情事の気配に気づいても、知らぬふりをするのが優秀な召し使いというものだ」

敏感な快楽の芽を弄って彼女の性感を高めながら、クロードは一本の指を蜜口に埋める。

すると内襞がうねるように絡みつき、透明な愛液が指を伝ってトロトロと滴った。

昨夜見つけたフランセットの感じるところを刺激すると、隘路がきゅうっと窄まり、彼女が悩ましい声を上げる。

「んんっ……」

わななく蜜壷に指を抽送し、挿れる本数を増やす。

蜜でぬめる内部は指でも心地よく、動かすたびに絡みついて粘度のある水音を立てた。外出着のドレスのまま乱される彼女は上気した顔をしていて、剝き出しにされた乳房やあらわになった太ももがひどく煽情的だ。

フランセットの中から指を引き抜いたクロードは、自身の下衣をくつろげる。そして彼女の片方の膝をつかむと、愛液で光る蜜口に硬く張り詰めた自身を押し当て、先端をゆっくりと埋めた。

「うぅっ……」

隘路を拡げながら、太さのある昂ぶりをじりじりと押し込んでいく。

中の締めつけはきつく、ともすれば痛みを感じるほどだったが、熱くぬめる粘膜の感触が心地いい。

根元まで埋め込んだ途端、フランセットが浅い呼吸をしながらこちらを見た。その緑の瞳は快楽に潤んでおり、狭い内部にみっちりと包まれる感触を味わいながら、クロードは彼女に問いかけた。

「痛くないか？」

「……はい……っ……」

「動くよ」

太い幹で内壁を擦りつつ、ゆるやかな抜き差しを繰り返す。

中がこちらの大きさに馴染み、蕩けながら絡みつき始めた頃、深い律動を打ち込んで最奥を突き上げた。

「んぁっ！」

上体を倒して覆い被さり、身体を密着させながら、クロードは甘美な愉悦を味わう。

フランセットの中は狭いが肉杭を根元まで受け入れ、潤沢な愛液とわななく内壁が得も言われぬ快感を与えていた。切っ先で子宮口を抉ると中がビクビクと震え、彼女が高い声を上げる。細い指が縋るように二の腕に触れ、切実な瞳がこちらを見た。

「あ、クロードさま……っ」

唇を塞ぎ、舌を絡めて蒸れた吐息を交ぜながら、クロードはより激しくフランセットの中を穿つ。

優しくしたい気持ちと同じくらいに、彼女のすべてを貪り尽くしたい凶暴な衝動がこみ上げ、突き上げを止めることができなかった。フランセットの腕を引いてその身体を起こしたクロードは、自身の膝の上に乗せて対面座位の形にする。

するとと自らの体重でより深く楔を受け入れることになった彼女が、呻きながらこちらの頭を抱え込んできた。目の前で揺れる白い胸をつかみ、クロードはその先端を口に含む。

「あ……っ」

弾力のあるふくらみを揉みながら舌を這わせ、尖りを嬲《なぶ》る。

フランセットの手がこちらの髪に触れ、クロードは視線だけを上げて彼女を見た。視線が絡み合った瞬間、肉杭を受け入れた内部がきゅううっと締まって、思わず熱い息を吐く。

「そんなに締めるな。すぐに果ててしまう」

「ぁ、でも……っ」

フランセットの腰を抱え、クロードは隘路をみっちりと埋めたもので中を穿つ。柔襞を擦りながら切っ先をグリグリと動かすと、彼女がビクッと身体を震わせて達した。

「……っ」

内部が断続的に痙攣し、屹立を痛いほど締めつけた後、フランセットがぐったりと身体の力を抜く。つられて達してしまいそうになるのをこらえたクロードは、その耳元でささやいた。

「すまないが、もう少しつきあってくれ」

「……あ……っ……」

細い腰を抱え、クロードは何度も深く楔を打ち込む。

フランセットはこちらの肩にもたれ、律動のリズムで切れ切れに声を漏らすばかりになっていたが、熱く蕩ける内部が貪欲に剛直に絡みついて目も眩むような甘美な愉悦を与えていた。

思うさま突き上げて熱い息を吐きながら、クロードは彼女の目元に口づけて言った。

「一度抱くと、君が際限なく欲しくなってたまらなくなっている。今までさんざん分別があるように振る舞っておきながら、情けないな」

「……っ」

フランセットの目が潤み、昂ぶりを受け入れた内部がきゅうっと窄まる。それに強烈な射精感を刺激されたクロードは、一気に律動を速めた。

「あっ！　……はぁっ……ぁっ……あ……っ」

愛液でぬるつく媚肉を掻き分けて剛直を何度も根元まで埋め、最奥を突き上げる。

何度目かの深い律動の後、クロードはぐっと奥歯を嚙んで熱を放った。ドクドクと吐き出す白濁を内襞が搾り取るように蠢き、フランセットが脱力する。

「はぁっ……」

その身体を抱き留め、クロードは彼女の身体を慎重に褥に横たえた。

髪もドレスもすっかり崩れてしまったフランセットが、まだ整わない息の中泣きそうな顔でつぶやく。

「こんな姿を召し使いたちに見られたら、恥ずかしくて死んでしまいます……」

「気にする必要はないと思うが、だったら私が脱がせるよ」

そう言ってクロードは彼女のアクセサリーを外し、髪を解いて、ドレスを脱がせる。

甲斐甲斐しく世話をされ、シュミーズ姿になったフランセットが恥ずかしそうに掛布を引き寄せて言った。

「申し訳ありません、クロードさまにこんなことをさせてしまって」

「君の世話をするのは楽しいから、いつでも大歓迎だ。ドレス姿もいいが、フランセットはこういう無防備な姿も可愛いな」

抱き寄せて額に甘くキスをすると、長い髪を垂らした彼女がじんわりと頬を赤らめる。クロードは微笑んで言葉を続けた。

「このまま何日も、二人で寝室にこもっているのもいいかもしれないな。食事は適当に部屋に運ばせて、好きなだけ抱き合って」

「そ、そんな」

本気にしたらしいフランセットに「冗談だ」と言って笑い、身体を離す。そしてたった今脱がせたばかりのドレスを掻き寄せて告げた。

「ウラリー以外の召し使いに、着替えを運ばせよう。それから明後日は、リヴィエ南部のラロク村で行われるワインの品評会に招待されている。時間的に泊まりになりそうだから、君も一緒に行かないか」

「わたくしも、ですか？」

「ああ。主催者から、『ぜひ奥方さまもご一緒に』と言われている。私たちは新婚旅行にも行っていないから、わずか一泊でも楽しそうだろう」

すると彼女がどこか躊躇いがちな表情で、「……はい」と頷く。それをいとおしく見つめ、クロードは立ち上がりながら言った。

「夕食の前に、私は執務室で少し仕事をするよ。――ではフランセット、また後で」

【第八章】

七月に入ると気温がぐっと上がり、リヴィエは盛夏の様相を呈している。

デュラン城の周辺の森は緑を濃くし、色とりどりの花が咲き誇っていて美しかった。湖の水面《みなも》が壮麗な城の姿と緑を映し出す様は見る者をうっとりとさせ、まるで夢の世界に迷い込んだようだ。

そんな光景を私室の窓から眺めるフランセットは、物憂いため息をつく。ここ数日はクロードと帝都レナルの舞踏会に参加したり、ワイン品評会のためにリヴィエ南部のラロク村を訪れたりと慌ただしく、こうして城でゆっくりするのは久しぶりだ。

カスタニエ家にいたときはほとんど外出したことはなかったが、バラデュール家に嫁いでからはクロードが忙しい公務の合間にあちこちに連れ出してくれるようになり、フランセットを取り巻く世界は格段に広がった。

しかも三日後には大勢の客を招いてこの城で夜会を開くといい、召し使いたちはその準備で忙しそうにしている。

（わたしがこんな華やかな暮らしをしているなんて、嘘みたい。でも……）

ここ最近での一番の変化は、彼に抱かれたことだろう。皇帝主催の舞踏会に出席したとき、宮殿内で偶然ミレーヌと鉢合わせてしまったフランセットはひどく動揺していた。

そこに居合わせたクロードが彼女の言動を強く咎《とが》めてくれ、「夫人に会いたくないなら会わなくていいし、今後は私が全力で盾になる」「だから君の気持ちを聞かせてくれないか」と言ってきたとき、フランセットの心は揺れた。

出会った当初から誠実な彼に、自分は確かに惹かれている。そう自覚した途端、クロードへの想いはとめどなく溢れて、初めて彼に抱かれたときは本当に幸せだった。

今まで我慢していた反動なのか、あれからクロードは日を置かずにフランセットを抱き続けている。一昨日は出先のラロク村でも求められてしまい、甘やかな情交を思い出すだけで頬が熱くなった。

普段は涼やかでいかにも貴族然としている彼だが、ベッドではひどく情熱的だ。しなやかで筋肉質な体型や欲情を秘めた眼差し、指の長い大きな手が男らしく、フランセットはただ翻弄されることしかできない。

クロードの触れ方には経験が浅いこちらへの気遣いがあるものの、熱を孕《はら》んだ瞳や言葉から求められていることが強く伝わってきて、フランセットはそんな彼に惹かれる気持ちを止められなくなっていた。

一方で、輿入れの際にミレーヌとフィリップから課せられた使命が重く心にのし掛かっている。クロードへの気持ちを明確に自覚した今、彼を暗殺するのは無理だ。

血も涙もない人物が相手なら何とか決行できたかもしれないが、フランセットから見たクロードは誠実な人柄と高潔な精神の持ち主で、下の立場の人間に対して居丈高になることはない。

部下や領民に慕われ、容姿端麗で武勇にも優れた彼を、フランセットは一人の人間として尊敬していた。そんなクロードに愛されている事実が信じられず、まだ気持ちがふわふわしている。

誰かに強く求められたことがなかったフランセットにとって、彼の愛情表現は戸惑いと同時にこそばゆさも感じるものであり、クロードの面影を思い浮かべるだけで甘酸っぱい気持ちがこみ上げた。

だがそんな蜜月に水を差すような手紙が、帝都レナルから届いた。差出人はミレーヌで、そこには先日の舞踏会の日の恨み言が延々と綴られている。久しぶりに会ったときのフランセットの態度に自分への申し訳なさが欠けていたこと、いかにクロードが無礼で不躾《ぶしつけ》だったかが厳しい言葉で書かれていた。

「何のためにあなたをバラデュール家に輿入れさせたと思っているの」「これまで育ててもらった恩を忘れ、私たちの役にも立てずそれを恥ずかしいとも思わないのなら、いっそ自害してしまいなさい」――そんな激しい言葉の羅列はナイフのように鋭くフランセットの胸を抉り、手紙を読み終えてしばらく経った今も暗澹たる気持ちにかられている。

（わかっていたことだけど、やはりお義母さまにとってわたしは都合のいい手駒にすぎない。親子らしい情愛は一切なく、自分の意のままにできると考えていた存在なのに思いどおりにならず、苛立っている……）

迷った末、フランセットは「どうしてもバラデュール卿の命を狙わなくてはならないのですか」「彼はとても高潔な人物で、領民にも慕われています」という返事をしたため、封をした。そして「これを読めば、ミレーヌはより一層怒るかもしれない」と考える。

（お義母さまとお兄さまが本当に辺境伯の地位に固執しているなら、この後どうするだろう。役立たずのわたしを切り捨てる？　それとも……）

不穏な想像をし、フランセットは表情を曇らせる。そのとき部屋の扉がノックされ、ラシュレーが現れて言った。

「奥さまにお客さまがいらしております。お約束はされていないのですが、いかがいたしましょうか」

「わたくしにですか？　一体どなたが」

「カスタニエ家ご令息、フィリップさまでです」

思わぬ名前を告げられたフランセットは、驚きに目を瞠る。

彼がリヴィエまで自分に会いに来るなど、まったくの予想外だった。しかも事前に何の連絡もなく、今はクロードが所用で外出していて不在だ。

だが帝都からはるばるやって来た兄を、追い返すことなどできない。そう考えたフランセットは、ラシュレーに向かって告げた。

「会います。お通ししてください」

「かしこまりました」

彼が退出し、フランセットは身なりを整えた後、応接間に向かう。

するとそこにはフィリップがいて、こちらを見て微笑んだ。

「やあ、フランセット。久しぶり」

「お兄さま……」

彼とこうして会うのは、二ヵ月ぶりだ。

数日前の舞踏会の日にその姿を見かけたが、フィリップは令嬢と逢い引き中だったため、声をかけていない。フランセットがぎこちなく彼の向かいの椅子に腰を下ろすと、フィリップがにこやかに言った。

「バラデュール卿は古城に住んでいると噂に聞いていたが、ここはとても美しいところだね。緑に囲まれて湖もあって、とても絵になる」

「ありがとうございます」

すると彼が眉を上げ、小さく噴き出してこちらを見る。

「君はまるで、ここの女主人のように礼を言うんだな。確かに夫の不在時に城を取り仕切るのは妻の役目だが、まさかフランセットがそんな口を利くとは心底意外だよ。しばらく見ないうちに、すっかり奥方気取りだ」

「…………」

「そういえばカスタニエ家から同行させたウラリーだけど、君の侍女から外されたんだって？」

「それは……」

まさかフィリップの口からその話題が出るとは思わず、フランセットは情報が伝わる速さに困惑しつつ、しどろもどろに答える。

「ウラリーは勤務態度に問題があり、それが目に余ったためにクロードさまが配置転換を命じたのです。現在は宝飾品を管理する部署にいると聞いています」

　おそらくはウラリーがミレーヌに手紙を書き、自身に対する不当な扱いを報告したのだろう。もしかするとフィリップはその件について問い質したくてわざわざ来たのかもしれないが、いくら妹が嫁いだ先とはいえ他家を訪問する際は事前にその旨を伝えなければ失礼に当たる。

　そんなフランセットの考えに気づいたように、彼が微笑んで言った。

「実は今日、僕はバラデュール卿がこの城に不在なのを知っていて訪問したんだ。先日の議会のとき、他の貴族と約束しているのを小耳に挟んだからね」

「そうなのですか？」

「ああ。僕がわざわざここまでやって来たのは、フランセットと二人きりで会いたかったからだよ」

　フィリップが瞳に甘やかな色を浮かべてこちらを見つめ、フランセットの心臓がドキリと跳ねる。彼が言葉を続けた。

「母上から聞いたが、君、このあいだの皇帝主催の舞踏会に来ていたんだろう？　僕に何も言わないなんて、水臭いじゃないか」

「それは……」

「事前に知っていたら、何としても会いたかったのに。それともこんなふうに思っているのは僕だけで、フランセットは違うのかな」

まるで睦言のように問いかけられ、フランセットは困惑する。

少し前の自分なら、フィリップにこんなことを言われれば天にも昇る気持ちだったのだろう。しかし彼が舞踏会のときに令嬢と逢い引きしているのを目撃した今は、戸惑いの気持ちのほうが強くなる。

(あのとき物陰でキスしていたお兄さまと令嬢は、とても親密に見えた。それなのにわたしにこんな思わせぶりな発言をするのは、やはり意のままに操りたいから……?)

フィリップがニッコリ笑い、「おいで」と言って自分の隣をポンと叩いて、フランセットは躊躇いつつ立ち上がる。遠慮がちに彼の隣に座ると、フィリップがこちらの顔を覗き込んで感心したようにつぶやいた。

「何だか前よりきれいになったね。母上いわく、バラデュール卿はずいぶんと君を大切にしているそうじゃないか」

「それは……」

「結婚して夫を夢中にさせるのは、妻としては上出来だよ。でもそれを聞いたとき、僕は複雑な気持ちになったんだ。フランセットが他の男の物になったと思うと、猛烈な嫉妬の感情がこみ上げる」

そう言って彼がおもむろに手を握ってきて、フランセットの心臓が跳ねる。

フィリップは握った手を自身の口元に持っていき、指先に口づけながら甘くささやいた。

「この二ヵ月、君に会えなくて寂しかった。フランセットはどうかな、僕のことを思い出してくれた？」

「も、もちろんです」

「僕はいつでも君のことを想っているよ。早く以前のように、同じ屋敷で暮らせたらと考えてる」

フィリップが「でも」とつぶやき、緑色の瞳でこちらを見た。

「僕と母上が〝お願い〟したことが、もしかしたらフランセットの重荷になっているんじゃないかと心配していたんだ。優しい君のことだ、バラデュール卿に情が移ってしまい、何もできなくなるのではないかと」

兄の言葉はまさに正鵠《せいこく》を射ていて、フランセットは自分の気持ちを伝えるチャンスだと思い、勢い込んで口を開きかける。

「お兄さま、わたしは……っ」

自分はクロードを、殺したくない。カスタニエ家に辺境伯の地位をもたらすには、暗殺ではなくもっと平和的な解決方法があるはずだ。

そう訴えようとした瞬間、彼がこちらの言葉を遮って言った。

「もしフランセットが例の件をどうしても遂行できない、つらいと言うのなら、バラデュール卿と離縁してうちに戻ってきてもいいよ。だがこのままではカスタニエ家はクラヴェル辺境伯の地位を得るのは難しいし、衰退する一方だろう」

「――……」

「でも君が頑張ってくれるなら、カスタニエ家は宮廷で大きな力を持つことができる。そうすれば今まで何かとフランセットにつらく当たってきた母上も、きっと感謝してくれるはずだ」

フランセットが目を見開いてフィリップを見つめると、彼がニッコリ笑って言葉を続けた。

「誰より僕自身が、勇気を持って家の未来のために貢献した君を誇りに思うだろう。フランセットが良心を犠牲にしてどれだけ尽くしてくれたかを決して忘れたりしないし、生涯君を大切にするつもりだ」

天使のように整った顔で微笑みながら、目の前の兄はフランセットに「夫であるクロードを殺せ」と唆している。

突然の訪問は面と向かってそれを念押しするためだったのだと確信し、思わず言葉を失った。そんなこちらの反応をどう思ったのか、フィリップが重ねて言う。

「せっかく来たんだから、君を抱きしめていいかな。ほら、おいで」

「あ……っ」

身体を引き寄せて抱きしめられそうになり、フランセットは咄嗟に彼の胸に腕を突っ張って距離を取る。そしてフィリップの顔を見ずに告げた。

「おやめください。いくらわたくしたちが兄妹だとはいえ……このようなことをするのは不謹慎です」

するとと彼が驚いたように眉を上げ、「……へえ」とつぶやく。

「そんな発言をするなんて、僕が知っている君ではないみたいだ。二ヵ月前に抱きしめたときは顔を真っ赤にして抵抗しなかったのに、一体どういう心境の変化なのかな」

「あの……」

「僕を好きだったはずだけど、もしかして心変わりしたのか？　まさかバラデュール卿のほうを選ぶってことか、カスタニエ家の敵なのに？」

やはりフィリップは、自分が兄妹でありながら彼に道ならぬ想いを抱いていたのに気づいていた。

そう悟ったフランセットは、身の置き所のないほどの羞恥をおぼえる。ずっと心の奥底に秘め、想いを伝える気は微塵もなかったにもかかわらず、当の本人に知られている事実に泣きたいほどの恥ずかしさがこみ上げた。

　そんなフランセットに追い打ちをかけるように、彼はこちらの顔を覗き込みながらにんまり笑って告げる。

「フランセットが兄である僕を愛していた事実は、誰にも明かす気はないよ。君の名誉に関わることを、この僕がするわけがない」

「…………」

「賢い君は、僕と母上が望むとおりの結果を出すためにはどうしたらいいかわかっているはずだ。これまで培ってきた知識を使って、ほんの少しの勇気を出せばすぐに終わる。そうすればカスタニエ家の屋敷に戻ってまた僕と暮らせるんだ、それが君の幸せだろう？」

　フィリップがふいに何か思い出した顔で「あ、そうだ」とつぶやき、言葉を付け足す。

「フランセットが飼っていた猫のノエラのことだけど、最近具合が悪いようでね。もしかしたら長くないかもしれない」

「えっ」

「あまり餌を食べず、痩せてきているみたいなんだ。動物だから寿命が短いのは如何ともしがたいが、子猫のときから育てた子なら死ぬ前にもう一度会いたいんじゃないか？」

ノエラが死ぬかもしれないと聞いたフランセットは、ショックで言葉を失くす。

孤独だったカスタニエ家での暮らしの中、ノエラの愛らしさや柔らかな毛並みはいつもフランセットの心を慰めてくれた。バラデュール家に輿入れする際に断腸の思いで置いてきたが、まさか弱っているとは知らず、ひどく動揺する。

（どうしよう……わたしに何かできることはないの？）

会って抱きしめ、自分の目で容体を確かめたい。だがそれは難しいことを、フランセットは直感的に悟る。

もし「愛猫の容体が心配なため、実家に戻りたい」と言えば、クロードはきっと里帰りを快諾してくれるだろう。だがミレーヌは〝クロードを暗殺する〟という密命を完遂していない自分を、カスタニエ家の屋敷には入れないに違いない。

心臓がドクドクと音を立て、指先が冷たくなっていくのを感じた。青ざめたフランセットを目を細めて見つめ、フィリップが「さてと」と言って立ち上がる。

「僕はそろそろお暇しようかな。バラデュール卿が帰ってきては、何かと面倒な話になるかららね」

彼は部屋の扉に向かい、一旦足を止める。そしていまだ長椅子に座ったままのフランセットを見やり、にこやかに言った。

「今日は有意義な話ができて、うれしかったよ。君が最善の選択をし、うちに戻ってきてまた一緒に暮らせるようになることを願ってる」

「…………」

「じゃあフランセット、ごきげんよう」

＊　＊　＊

「カスタニエ家の令息フィリップ卿が、私の不在時に来訪しただと？」

夕方五時に出先からデュラン城に戻ったクロードは、ラシュレーから思いがけないことを告げられて問いかける。彼が頷いて答えた。

「はい。お約束がなく、突然のことでございましたが、奥さまがご応対なされました」

フランセットの兄であるフィリップの来訪は、クロードにとって寝耳に水だった。

本来なら事前に訪問したい旨を先方に通達し、了承を得るのが貴族社会のセオリーだ。ましてやクロードと彼は個人的に親しくなく、今回の件は相当な非礼に当たるものの、フィリップには〝フランセットの兄〟という大義名分がある。

ラシュレーが言葉を続けた。

「フィリップ卿は三十分ほどで帰られましたが、実はその後、奥さまが臥《ふ》せっておられるのです。ひどい頭痛がするとおっしゃって」

「フランセットが？」

　着替えるのを後回しにし、クロードはフランセットの私室に向かう。

ドアをノックすると小さく「はい」と応えがあり、中に足を踏み入れた。すると長椅子でクッションにもたれながら臥せっている彼女の姿があり、クロードは声をかけた。

「ラシュレーから、君が具合を悪くしていると聞いた。熱はあるのか？」

　首筋に触れてみたところ、さほど熱くはない。だが顔色は悪く、フランセットが伏し目がちに答えた。

「頭痛がひどいのですが、寝ていれば治ると思います。お気遣いいただき、申し訳ございません」

「医者を呼んで、薬を処方してもらおう。そのほうが早く治る」

　召し使いに医者を呼んでくるように伝えた後、クロードは「ところで」と言って彼女に向き直る。

「私の不在時に、フィリップ卿が来訪したと聞いた。一体どんな用件だったんだ？」

「わたくしの機嫌伺いです。先日の舞踏会では宮殿で会うことができなかったため、時間ができた今日、急遽思い立ってこちらに足を向けたそうです」

話としては筋が通っているが、フィリップの行動は礼儀に欠ける。それがわかっているらしいフランセットが、頭を下げてきた。

「兄の非礼をお詫びいたします。クロードさまを軽んじるつもりは微塵もないと思いますが、妹であるわたくしに会うためにお約束もないのに気軽に訪れてしまったようです。大変申し訳ありませんでした」

「フランセットが謝ることではない。フィリップ卿とは、後日改めて話をするよ」

そう言いつつも、クロードは頭の隅で彼の来訪の本当の目的を考える。

わざわざ約束もなしに訪れたのは、フランセットに何か言いたいことがあったからだろうか。先日の舞踏会で会った際のミレーヌの言動はまだ記憶に新しく、彼女の意を受けたフィリップがフランセットに何か小言を言いに来たのではないかと心配になる。

クロードはフランセットの頭を抱き寄せて告げた。

「フィリップ卿に、何か嫌なことを言われたりしなかったか？　もし彼の訪問が君の負担になっているなら、私のほうからきっちりと釘を刺すが」

「大丈夫です。義母はあのとおりきつい人ですが、兄はあの家で唯一わたくしに優しくしてくれた人ですから」

彼女がどこか空元気のような顔で微笑み、「でも」と言葉を続ける。

「もう少し、こうしていてもよろしいですか？　クロードさまがお忙しいのであれば、そちらを優先してくださって構わないのですけど」

「もちろん。君の身体が楽になるなら、何時間だってもたれてくれていい」

フランセットが控えめながら自分に甘えてくれ、クロードはじんわりと面映ゆさを噛みしめる。

その後、城に常駐する医者がやって来て診察をしたが、そのときもクロードは彼女の身体を抱えたままでいた。結局「疲れが出たのでございましょう」と言われ、頭痛に利く薬草を煮出したものを処方される。

湯気の立つカップに口をつけながら、フランセットがチラリとこちらを見上げて気まずそうに言った。

「そんなに見られていると、緊張して飲めなくなってしまいます」

「ちゃんと飲まなければよくならないぞ。私が手ずから飲ませてやろう、ほら」

「それだともっと飲みづらいです」

彼女がクスクス笑い、滅多にないその表情にクロードはいとおしさをおぼえる。

それから数日、通常の公務に併せて夜会の準備や警備面の打ち合わせをこなし、忙しく過ごした。当日は城内で使用人たちが慌ただしく動き回り、ラシュレーや女中頭のリーズがあれこれと指示を出している。

フランセットもそれに立ち会っていたが、夕方になって支度のために部屋に戻った。少し遅れて同じく支度のために部屋を訪れたクロードは、目を瞠る。

「――……」

彼女のドレスは淡い紫色の生地に赤や白の小花柄を散らし、胸元は繊細なレースやたっぷりのフリルで華やかに装飾されていた。

豪奢なレースを重ねた袖口やコルセットで締められた細い腰、パニエで膨らませたスカートのシルエットは優雅で、大きな宝石がきらめく首飾りや耳飾り、髪にあしらった花が可憐さを引き立てている。その装いは夜会の主催者の妻としてふさわしいもので、クロードは感嘆のため息を漏らした。

「きれいだな。今夜の招待客の中ではきっと君が一番美しく、衆目を集めるはずだ」

「たくさんのお客さまがいらっしゃいますし、そんなことはないと思いますが、クロードさまに褒めていただけてうれしいです」

今日の招待客は二〇〇名を超える予定で、かかる費用や準備の大変さはうんざりするほどだが、夜会の開催は貴族たちと親睦を図る意味で定期的に必要なことだ。

盛装したフランセットは花のように美しく、クロードはいとおしさでいっぱいになる。三日前は頭痛がすると言っていた彼女だが、翌日には回復して深く安堵した。驚いたのは、城にいるあいだ中フランセットが常に一緒にいたがるようになったことだ。

兵の鍛錬のときや護衛騎士が傍にいるときは遠慮するが、執務室で一人で仕事をするときなどは「お邪魔はいたしませんので、同じ部屋にいてもよろしいでしょうか」と申し出、黙って刺繍などをしている。

城内の廊下を歩いているときは傍にぴったりと寄り添い、不可解な行動を取っていた。だが彼女は過剰に纏わりつくわけではないために邪魔にはならず、一緒にいられるのがうれしいクロードは好きにさせている。

(身体の繋がりができたことでようやく夫婦らしくなって、素直に甘えてくれるようになったのかな。結婚した当初はうつむきがちで顔もよく見せてくれなかったのを考えたら、これは大きな進歩だ)

そんなふうに考えながら、クロードはフランセットを見下ろして言う。

「今日はかなりの人数の招待客に挨拶をしなければならないが、私が率先して応対するから君は心配しないでくれ。無理のない範囲で手伝ってくれればいい」

「はい」

「もし疲れたら、遠慮せずに休んでくれ。君は数日前に体調を崩したばかりなんだから」

「大丈夫です」

召し使いたちが退出していき、それを横目に彼女が「あの」と言って顔を上げる。

「ん？」

「クロードさまに……触れてもよろしいでしょうか」

思いがけない申し出に驚いたクロードが答える前に、フランセットが正面から抱きついてくる。

彼女の細い腕が背中に回り、どこか思い詰めた様子でぎゅっと力を込めてきて、クロードはそれを受け止めながら言った。

「どうした？　ここ数日の君は、何だかおかしい」

「……何でもございません。ただクロードさまのお傍にいたいだけです」

クロードはフランセットの二の腕をつかんで身体を離し、彼女の目を見て問いかけた。

「何か不安があるなら、言ってくれ。どんなことでも私が解決する」

「クロードさま……」

「必ず守ると言っただろう。私が信じられないか？」

するとフランセットが瞳を揺らし、一瞬泣きそうに顔を歪める。しかしぐっとそれをこらえ、無理やり笑顔を作って言った。

「実は今夜の夜会の招待客がかなりの人数だと聞いて、少し気後れしていたのです。でもわたくしはバラデュール公爵の妻となったのですから、こんなに気弱ではいけませんよね」

彼女が「だから」と言い、こちらを見上げて言葉を続ける。

「粗相をしないように精一杯努めますので、どうか……口づけていただけませんか」

常にない〝お願い〟に心をつかまれたクロードは、フランセットの身体を引き寄せて上から覆い被さるように口づける。

「ん……っ」

口腔に侵入し、ベルベットのような感触の舌に自身のそれを絡めつつ喉奥まで探る。

彼女が漏らす吐息すらいとおしく、より強く抱き寄せて口づけると、フランセットがくぐもった声を漏らした。

「うっ……んっ、……は……っ」

何度も角度を変えて口づけ、蒸れた吐息を交ぜる。

自分より小さな彼女の舌を舐めてしゃぶり、執拗に粘膜同士を擦り合わせるキスは情事を思わせるほど淫らで、互いの熱が高まっていくのを肌で感じた。もっと触れたい、貪り尽くしたい――そんな思いがこみ上げていつまでもキスが終わらず、ようやく唇を離したときにはフランセットは涙目になっている。

上気したその顔を見つめ、額同士を合わせたクロードは、押し殺した声でつぶやいた。

「このまま抱いてしまいたいが、それだと夜会の開始に遅れてしまう。夜まで我慢だな」

「……はい」

「そんな目をするな。君にあらぬ欲望を抱いた男に、物陰に連れ込まれそうになったらどうする」

クロードの言葉を聞いた彼女がじんわりと頬を赤らめ、モソモソと答えた。

「そ、そんな人はいませんから……」

「私の妻は、ずいぶんと自己評価が低い。こんなにきれいで色っぽいのに」

濡れた唇に指で触れると、フランセットが色めいた吐息を漏らす。それに再び欲情を煽られそうになりながら、クロードは意志の力でぐっと抑え、彼女の身体を離して言った。

「気の早い招待客が到着する前に、会場の最終チェックをしなければ。――行こう」


夕刻になるとデュラン城には貴族たちが多数来訪し、車寄せには各家の紋章が入った馬車がひしめき合っていた。

大きなシャンデリアがきらめく大広間は、磨き上げた調度や国内外から蒐集《しゅうしゅう》した数々の美術品、壁に飾られた大小の絵画が豪華絢爛な雰囲気を醸し出し、盛装した人々があちこちでグループを作って笑いさざめいている。

楽団が奏でる音楽は美しく、華やかな雰囲気を引き立てていた。入り口近くにいたクロードに、壮年の男性貴族が話しかけてくる。

「ごきげんよう、バラデュール公爵。今夜はお招きありがとう」

「バルニエ伯爵、ご無沙汰しております」

「素晴らしいお城ですわね。周囲の風景も美しいけれど、中もとても優雅で」

「デュクロ侯爵夫人、お褒めいただき光栄です」

招待客が入れ替わり立ち代わり挨拶に来て、クロードは穏やかにそれに応える。

妻であるフランセットに初めて会う客も多く、紹介すると彼女は丁寧に彼らに挨拶をした。するると誰もが目を瞠り、その清楚な容姿を褒め称えてくる。

「夫人がこれほどまでに美しい方だとは。バラデュール卿は三国一の果報者だ」

「お二人とも美男美女でいらっしゃいますから、並ぶととても映えますわねえ」

如才なく会話をしながら、クロードは周囲に気を配る。

これだけの人数が来場しているのだから、万に一つのことがあってはならない。酔客が暴れたり喧嘩《けんか》が起きる可能性もないとは言えず、護衛騎士を始めとした兵士たちが会場内の警備に当たっていた。

召し使いたちは飲み物が載ったトレーを手に会場内を歩き回ったり、隣室に用意された料理に不足がないかをこまめにチェックしたり、大小の控室に置かれている飲み物や果物を補充したりと、忙しく動き回っている。

（カスタニエ家にも招待状を送ったが、夫妻もフィリップ卿も来ていないようだな。わかりやすいというか、何というか）

宮殿の舞踏会のときのミレーヌの態度や、わざわざ自分の不在時に訪れたフィリップの行動からすると、きっとこのままでは済まない。

彼らは今後何らかの動きを起こしてくると思われ、クロードはそれを受けて立つつもりでいるものの、懸念はフランセットのことだった。

（フランセットがカスタニエ家の娘である以上、彼らの行動に無関係ではいられないかもしれない。なるべく巻き込みたくはないが、どうしたらいいんだろう）

身体の関係ができて晴れて本当の夫婦になってからというもの、クロードの中で彼女への愛情は増した。

元々好感を抱いていたが、それ以上に控えめな性格や清楚な美貌、ときおり見せる笑顔に心を惹きつけられ、庇護欲を感じてならない。ここ数日はやたらと一緒にいたがるようになり、抱き合う行為も格段に感度が上がって、その反応に煽られていた。

もし辺境伯の地位を巡ってカスタニエ家と争うことになっても、クロードの中でフランセットへの愛情にまったく影響はなかった。むしろ彼女にとって義理の母親に当たるミレーヌに関しては今後は接触させるべきではないと思っていて、その対策を考える。

（やはり一度、カスタニエ公爵と腹を割って話すべきかな。彼自身が辺境伯に興味がないのなら、夫人や息子の行動は厄介なはずだ。上手く抑止力になってくれればいいが）

その後、夜会は滞りなく進んだ。

招待した貴族たちや行政官、豪商などと有意義な話し合いの場を持ち、それぞれが親交を深めて、やがて楽団が奏でる音楽でダンスが始まる。クロードは主催者として何人かの夫人や令嬢たちとダンスを踊り、一息ついた。

そして脇に下がり、男性貴族たちから次々とダンスを申し込まれて断るのに難儀しているフランセットを見つけ、助け舟を出す。

「失礼。妻は少し、ワインに酔ってしまったようです。また後で誘っていただいてもよろしいでしょうか」

夫であるクロードにそう言われてはしつこくできず、彼らが渋々去っていく。

フランセットがホッとした様子でこちらを見上げ、謝罪してきた。

「クロードさま、申し訳ありません。わたくし……」

「謝らなくていい。少しバルコニーに出ようか」

彼女の背に触れて促し、クロードは夜のバルコニーに出る。

城の外壁をぐるりと取り囲むそこはかなりの奥行きがあり、開放感があった。昼間は遥《はる》か遠くの山々まで眺められるが、夜である今はそびえ立つ黒い影しか見えない。だが城下町のポツポツとした家の灯りを見下ろすことができ、少しひんやりした風が吹き抜けるのが心地よかった。

クロードはフランセットを見下ろし、微笑んだ。

「あれだけたくさんの人を前にして、疲れただろう。だがこうした夜会の主催を初めて務めるにしては、君は充分すぎるほどよくやってくれている」

「そうでしょうか。わたくし、招待客の方々とあまり上手く話せなくて、クロードさまに恥ずかしい思いをさせているのではないかと心配になっていたのです」

「そんなことはない」

二人きりになって張り詰めた気持ちが緩んだのか、彼女がようやく微笑む。

大広間に通じるいくつかの出口からは眩しい灯りが漏れ、バルコニーは真っ暗ではなかった。楽団の音楽や人々が歓談するざわめきが聞こえていて、少し離れたところでは二人きりで語り合う男女の姿も見える。クロードはフランセットに問いかけた。

「客の応対で忙しくて、あまり食べられていないだろう。後で部屋に料理を運ぶよう、ラシュレーに頼んでおく」

「ありがとうございます」

そのとき前方の出入り口から二つの人影が出てくるのが見え、クロードはふと目を瞠った。

一人は給仕役のお仕着せを着ている三十代くらいの男で、その顔に見覚えはない。一緒にいるのはここにいるはずのないウラリーであり、バルコニーにいるこちらの姿を見つけて指を差しながら男に何やら耳打ちしていた。

クロードの視線からフランセットも彼らの姿に気づき、ポツリとつぶやく。

「ウラリー……」

そのとき男が鋭く口笛を吹き、複数の出入り口から数人の男たちがバルコニーに出てくる。一斉にこちらに向かってきた彼らは走りながら懐から刃物を取り出していて、クロードはぐっと奥歯を嚙んだ。

(――刺客か)

今夜のデュラン城は夜会が開催されていて不特定多数の人間が出入りしており、使用人の中に見覚えがない者がいても判明しづらい。

加えてクロードは帯剣しておらず、複数の出入り口があるバルコニーは挟撃するのに打ってつけだ。案の定、すぐ傍の出入り口からも一人の男が飛び出してきて、ナイフで斬りつけようとしてくる。

クロードは咄嗟にフランセットの身体を引き寄せようとしたが、彼女はそれよりも早く両手を広げ、身を挺《てい》してこちらを庇う体勢を取った。

「フランセット……！」

だが敵の刃が届く寸前、男の背後から飛び出してきた護衛騎士のラングランが剣で背中を斬りつける。

血飛沫《ちしぶき》を上げ、男がガクリと膝をついた。別の男が前方から襲いかかってきたが、クロードはその切っ先をかわし、相手の懐に入ってみぞおちに鋭く肘を叩き込んだ。

「ぐうっ……」

男がナイフを取り落として、高い金属音が響いた。クロードはそれを爪先で蹴り、遠くに弾く。

気がつけばアルノワとシャリエ、それに複数の兵士たちがバルコニーに駆けつけ、乱闘になっていた。五人いる刺客たちは刃物で応戦していたものの、数回斬り合った後で壁際に追い詰められ、アルノワがそのうちの一人に向かって素早く剣を一閃《いっせん》させる。

それを見た瞬間、クロードは強い声で彼に呼びかけた。

「殺すな！」

するとアルノワが敵の首に刃が届く寸前でピタリと動きを止め、相手が蒼白《そうはく》な顔で息をのむ。

数で敵わないと悟った刺客たちが、次々と武器を捨てて降参の意志を示した。それを横目にシャリエがこちらに駆けつけ、問いかけてくる。

「クロードさま、奥方さま、お怪我はありませんか」

「大丈夫だ」

答えながらクロードは隣にいたフランセットの肩をつかみ、その身体を自分のほうに向けて語気を強めて言う。

「なぜ私を庇った。たとえ丸腰でも、私はこうした手合いと戦う術《すべ》を心得ている。それなのに」

フランセットが青ざめた顔でこちらを見上げ、小さな声で答える。

「もし刺客に襲われたら……クロードさまを身を挺してお守りしようと考えていたからです。

ウラリーの姿を見た瞬間、危惧していた事態が起こったのだと悟り、咄嗟に身体が動いていました」

クロードは視線を巡らせ、壁際で立ち竦んでいるウラリーの姿に目を留める。

胸元で両手を握り合わせた彼女は、こわばった表情で事の成り行きを見守っていた。フランセットの身柄をシャリエに預けたクロードは、ウラリーに歩み寄って告げる。

「この城に刺客たちを招き入れたのは、お前だな。ウラリー」

「……っ」

「先ほどお前は刺客のうちの一人に私を指さし、その男の合図で数人がバルコニーにやって来た。侍女の仕事から外して夜会の仕事には関わらないようにしていたにもかかわらず、お前がここに現れたのは道理に合わない」

するとと彼女は唇を震わせ、独り言のようにつぶやく。

「どうして護衛騎士や兵士たちが、ここに来るの？　護衛騎士三人は甲冑を着て、他の場所にいたはずなのに」

どうやらウラリーは護衛騎士がこちらの傍にいない隙を見計らい、刺客に襲わせたらしい。

クロードは明朗な声で告げた。

「それは背格好が似た三人の兵士にわざと護衛騎士の甲冑を着せて配置し、本人たちは姿を隠していたからだ。兵士たちは手練れを数名、近くの小部屋に控えさせていた」

「――……」

「ウラリー、誰がお前にこのようなことを命じたのかは明白だ。ここではあえて名前を出さないが、お前の主君に命を狙われているのを私は以前から知っていた。フランセットが輿入れに際して課せられた、〝密命〟のことも」

それを聞いたフランセットが、青ざめて立ち尽くす。

バルコニーでの騒ぎを聞きつけた招待客たちが何人も顔を出し、ざわめきながらこちらの様子を窺っていた。これ以上ここで話すわけにはいかないと考えたクロードは、彼らに向かって告げる。

「お騒がせして、大変申し訳ありません。私の命を狙って賊が侵入しましたが、護衛騎士並びにバラデュール家の兵士たちが無事鎮圧いたしました」

招待客たちがどよめき、バルコニーに散った血痕を前に「まあ」「恐ろしい」と動揺した様子を見せる。クロードは言葉を続けた。

「しかしながら、城内にまだ彼らの仲間がいないとは言いきれません。今夜の夜会はここで終了し、皆さまが安全にお帰りになられるよう兵士たちが城の出口まで誘導いたします。どうか指示に従ってください」

すると皇帝の第三子であるジェラルド皇子が、声を上げる。

「バラデュール卿の指示に従おう。私たちがいつまでもこの場にいては、かえって邪魔になる」

皇族の発言に否やを唱える者はおらず、貴族の男性たちが同伴の女性を落ち着かせながら兵士の誘導に従ってゾロゾロと移動を始める。

クロードは護衛騎士たちに向かって言った。

「刺客たちと侍女のウラリーを、別室に連行して尋問してくれ。私はフランセットを連れて一旦部屋に下がる」

「承知いたしました」

【第九章】

クロードに伴われたフランセットは、大広間から城の出口に向かう招待客とは逆方向の廊下を進み、階段を上る。

心臓がドクドクと早鐘のごとく音を立てていた。脳裏には、先ほど彼が言った「カスタニエ家に命を狙われているのは、以前から知っていた」「フランセットが輿入れに際して課せられた、〝密命〟のことも」という言葉が何度もよみがえり、平静ではいられない。

（クロードさまは、わたしがお義母さまやお兄さまから密命を受けて輿入れしてきたことを知っていた。一体いつから……？）

考えても答えは出ず、やがてクロードの私室に到着する。扉を開けた彼が、こちらを振り向いて言った。

「――入ってくれ」

フランセットは蒼白な顔で、室内に足を踏み入れる。

中は重厚かつ美麗な調度が並び、城主の部屋にふさわしい優雅さがあった。長椅子を勧められたフランセットは、無言で腰を下ろす。隣に腰掛けたクロードが口を開いた。

「先ほどの刺客の襲撃に際して、君に怪我がなくてよかった。いきなり私の前に立ちはだかったときは、肝が冷えたよ。ラングランが来てくれて事なきを得たが、一歩間違えればどうなっていたかわからない」

こちらの身を心配する言葉に胸が苦しくなりながら、フランセットは彼に問いかける。

「クロードさまは……一体どのように知ったのですか？　密命のことを」

するとクロードが、落ち着いた口調で答えた。

「先日君は、クラヴェル辺境伯の話題を私の前で話したのを覚えているか？　現在の辺境伯の後継としてバラデュール家とカスタニエ家の名前が挙がっていて、夫人とフィリップ卿がその地位を欲しがっていると」

「はい」

「辺境伯は貴族の中でも高い軍事力を持つため、皇家に離反する可能性が低い者が選ばれるんだ。だいたいは皇帝と血統的に近い公爵家の名前が挙がるから、両家が候補になるのは何らおかしくない。だが今回のクラヴェル辺境伯の地位は、既に私に内定している」

フランセットは驚き、彼を見る。クロードが言葉を続けた。

「私は皇帝陛下の甥で、幼少期から可愛がってもらっていて信が篤く、内々に宣旨《せんじ》を受けていたんだ。辺境伯は国境付近で国防の任に就くだけではなく、国内で謀反が起こらないかの情報収集も必要になる。そのため、かねてから宮廷に間諜を入り込ませ、貴族たちの動きを報告させていた。するとカスタニエ公爵家のフィリップ卿が怪しい動きをしているという情報をつかんだ」

公爵家の生まれであることに矜持《きょうじ》を持ち、格下の貴族たちとはほとんど交流を持っていなかった彼だが、数ヵ月前から様子が変わった。

それまで声をかけていなかった者に積極的に近づいて少しずつ交友関係を広げる一方、きな臭い話が聞こえてきたらしい。

「フィリップ卿は経済的に困窮している貴族に金を貸し付けたりと力になる反面、人を使って内情を調べさせ、相手の弱味を握っていたという。そしてそれを黙っている代償に、あることを要求していたと」

「それって……」

「次期クラヴェル辺境伯として、議会でカスタニエ家を推すことだ。彼は相手が逆らえない流れに持っていき、強制的に自身の味方につけていた。つまり数の力で、強引に辺境伯の地位を手に入れようとしていたということだな」

フィリップがそんな画策をしていたのを知らなかったフランセットは、言葉を失くす。

だがミレーヌと彼の辺境伯への執着を思えば、宮廷内でそうした根回しをするのは当然なのかもしれない。そんなふうに考えるフランセットの隣で、クロードが言った。

「そこまでして辺境伯の地位を手に入れたい理由は、カスタニエ家が現在の皇帝陛下と血が遠く、宮廷内での力を失いつつあるのが原因としてあるだろう。あるいはその先、つまり皇帝陛下が崩御した後にブロンデル帝国から独立することも視野に入れていたのかもしれない」

彼が語ったことはまさに二人の思惑そのもので、正しく見抜いていることにフランセットは内心舌を巻く。クロードがこちらを見つめて言った。

「そうしたカスタニエ家の思惑に気づいたタイミングで、フランセットとの縁談を持ちかけられた。熟考の末、私はあえてそれを受けた」

「どうして……」

「カスタニエ家に、謀反の意志があるという確証をつかむためだ。令嬢であるフランセットが夫妻や兄であるフィリップ卿から何らかの密命を受け、私に対して仕掛けてくれば、それを立証しやすくなると考えた」

つまり初めて会ったときから彼はこちらに疑いを抱いており、何かされるのを見越した上で結婚したということになる。そう悟ったフランセットは、呆然とした。

（そんな……だったらクロードさまが優しかったのは、すべて偽りだったってこと？　穏やかな顔の下で、わたしを常に疑っていた……？）

　これまでクロードに抱いていた認識が根底から覆され、フランセットはひどく動揺する。そんな様子を見つめつつ、彼が「でも」と言葉を続けた。

「実際に会ったフランセットは可憐で善良な印象で、私はしばらく様子を見ることにした。君が帝都から輿入れしてきたとき、領民たちが多数往来に出ていたが、そこでトラブルがあったのを覚えているか？」

「……はい」

　デュラン城に向かう際、幼い少女が誤って隊列の前に転がり出てしまい、カスタニエ家の護衛騎士が剣を抜いて居丈高にその場から排除しようとした。

　それを見たフランセットは馬車を出て怯える少女と母親を庇ったが、クロードはその場にいなかったはずだ。そう考えていると、彼が微笑んで言う。

「その光景をアルノワが見ていて、私に報告してくれたんだ。君は結局隊列の前に飛び出した母子も、強い態度を取った騎士のことも咎めることなくその場を収めたと聞いて、私は優しい女性だと思った」

しかしフランセットへの疑いが晴れたわけではなく、その後訪れた森で毒のある草花を摘んでいたのはわかっていたという。フランセットはドキリとし、彼を見た。

「ご存じだったのですか？　わたくしが摘んでいた草花がどのようなものなのかを」

「ああ。ジギタリスとスズラン、それにタケニグサもあったか。いずれも強い毒性を持ち、体内に入れれば不整脈や動悸、嘔吐、呼吸困難や心臓麻痺を引き起こして、やがて死に至る。見た目はきれいだが、すべて毒草だ」

「…………」

「この城の近隣の森に自生する毒草は、だいたい把握しているんだ。君がそれを薬草と偽って煎じていたこともわかっていたし、いつ飲み物に盛られるかわからなかったから、用心して常に毒消しを携帯していた」

クロードがこちらの目論見を知った上で自分を泳がせていたのだとわかり、フランセットは言葉を失くす。

彼が出会った当初から疑惑をのみ込んであえて穏やかに接していたという事実に、大きなショックを受けていた。

（じゃあ、全部嘘だったってこと？　わたしに優しく接しながら、この方は冷徹な目で常にこちらを観察していた……？）

混乱しながら、フランセットは目まぐるしく考える。

輿入れしてきた当初、うつむいてろくに話さなかったフランセットを、クロードはあちこちに連れ出した。そして一緒に過ごすうちにこれまでカスタニエ家で抑圧された生活をしてきたのを察し、こちらの心に寄り添ってくれた。

それを思い出したフランセットの胸が、強く締めつけられる。

（あのときのクロードさまの言葉が、嘘だったとは思えない。この方はわたしが自分の命を狙っているのを察しつつも、こちらの事情をどうにか理解しようと努め、気遣ってくれていたんだわ）

クロードの日々の言動やその眼差しには、フランセットへの愛情がにじんでいた。自分を暗殺するために輿入れしてきた〝妻〟でも、彼は大きな愛で許容してくれていた。

そんな優しい人に、自分は何ということをしようとしていたのだろう。そう思うとたまらなくなり、目から涙がポロリと零れ落ちる。

フランセットは顔を上げ、彼を見つめて告げた。

「クロードさまのおっしゃるとおり……わたくしは義母や兄から〝バラデュール卿を暗殺せよ〟という密命を受けて輿入れいたしました。申し開きの言葉もございません」

罪悪感で胸が潰れそうになるのを、フランセットはぐっと唇を引き結ぶことで耐える。

本当は彼を愛してしまい、暗殺する気はすっかり失せていたものの、それは免罪符にならない。ミレーヌに強制されたからというより、自分は愛するフィリップの役に立ちたい一心でクロードの暗殺を了承した。だが人を殺すことに躊躇いが消せず、何とか理由をつけて先延ばしにしていたものの、森で摘んだ草花から毒を生成したこともそれを隠し持っていたのも事実だ。

そう考えたフランセットは、断罪されるのを覚悟して目を伏せる。しかし彼が、思わぬことを言った。

「顔を上げてくれ。君は義母や兄から私の暗殺を命じられて輿入れしてきたというが、所持していた毒物を私に使おうとはしなかった。それどころか、ここ最近は〝暗殺を企むのは間違っている〟という旨の手紙を実家に書いて送っていただろう。違うか？」

フランセットは驚き、クロードを見る。彼が種明かしをした。

「実はこの半月ほど、君とウラリーがカスタニエ家とやり取りしている手紙はすべて検閲させてもらっていたんだ。それはフィリップ卿の行動が活性化しているのを、間諜の報告で把握したためだった」

「えっ」

「だからフランセットが夫人からの手紙に心を痛めていたり、ウラリーがカスタニエ家からの手紙で刺客を手引きするように指示されていたのも知っていたんだ。手紙という極めて秘匿性の高いものを勝手に読んだことを、謝らせてほしい。本当に申し訳なかった」

手紙の文面からはミレーヌがいかにフランセットにきつく当たっているかが如実ににじみ出ていて、暗殺を命じられているのは本意ではないのだとクロードは確信を得ていたという。

それを聞いたフランセットは、目を伏せて言った。

「たとえそうでも……このリヴィエに来たのは、わたくしの意志です。実際に行動には移さなかったとしても、少なくとも最初の段階ではクロードさまの暗殺を具体的に考えていました。ですから離縁されるのは当然ですし、どのような罰も受ける覚悟ができております」

「君がカスタニエ公爵夫人に書いていた手紙からは、何とか私の暗殺計画を思い留まらせたいという意志が読み取れた。それを読んで、最初に感じた善良だという印象は間違っていなかったと思ったんだ。それに先ほどは、私を身を挺して庇おうとしただろう。その理由を聞いていいか」

彼の問いかけに、フランセットは膝の上で両の手を強く握り合わせて答える。

「数日前にここに兄が訪ねてきましたが、それはわたくしがクロードさまの暗殺に及び腰なのを察知して圧をかけるためでした。カスタニエ家で暮らしていた頃、兄は家族の中で唯一わたくしに優しくしてくれた存在で、彼に直接頼まれたために渋々暗殺を了承した経緯があるからです」

フィリップはフランセットに言うことを聞かせるため、カスタニエ家の屋敷に置いてきた愛猫のノエラの存在を持ち出してきた。「弱っていて、もう長くは保たないかもしれない」と言われたとき、フランセットはひどく葛藤したものの、やがてひとつの結論を出した。

「ノエラはわたくしの孤独を慰めてくれた存在で、自分の目の届かないところで死んでしまうかもしれないのを想像すると身を切られる思いです。ですが、だからと言ってクロードさまを殺すことはできません。どれだけ考えても、その決断だけは……できませんでした」

新たな涙がこみ上げ、手の甲にポツリと落ちる。フランセットは震える声で言葉を続けた。

「ですからカスタニエ家でノエラの世話をしてくれていた召し使いに、手紙を書きました。『自分はそちらには戻れないが、代わりに手厚い看護をお願いしたい』と綴り、対価として私物の宝石のブローチを入れましたが、おそらくその内容が義母や兄にばれたのでしょう。わたくしにクロードさまを暗殺する意思がないと判断した彼らは、必ず次の手を打ってくると考えました。ですからここ数日はできるかぎりクロードさまのお傍を離れず、いざというときわたくしが身を挺してお守りしようとしていたのです」

今夜の夜会は不特定多数の人間が城に出入りするため、特に警戒していたが、案の定ウラリーが刺客を引き入れた。

彼らの姿を見た瞬間、フランセットは咄嗟にクロードの前に出て彼を庇っていた。そう説明すると、クロードが「なるほどな」とつぶやく。

「愛猫の命を盾に、君に言うことを聞かせようとしたのか。酷なことをする」

「…………」

「だがあのときも言ったが、命を賭けてまで私を守る必要はなかったんだ。それなのにどうして」

フランセットは「それは……」とつぶやき、小さく答える。

「それはわたくしが、クロードさまをお慕いしているからです。クロードさまは卑屈になっていたわたくしを妻として大切にしてくれたばかりか、ずっと感じていた孤独に寄り添ってくださいました。そうするうち、クロードさまと一緒にいると気持ちが安らいで、毎日が楽しいと思えるようになっていったのです。気がつくと一人の男性として愛し、離れがたいという想いを抱くようになっておりました」

フランセットは「でも」と言葉を続ける。

「クロードさまの暗殺を目論んだわたくしがこんな気持ちを抱くのは、おこがましいことだとよくわかっております。どんな罰でも受ける所存でございますから、どうかわたくしの身柄を参事会にお引き渡しくださいませ。お願いいたします」

ソファから立って深く頭を下げると、クロードも同様に立ち上がり、腕を伸ばしてフランセットの手に触れる。

大きな手に包み込まれ、そのぬくもりに胸が強く締めつけられた。彼がこちらの身体を抱き寄せ、フランセットの頭を自身の肩口に押しつけて言った。

「こんなときに言うのも何だが、私は今とても安堵している。君が正直な想いを口にしてくれて」

「えっ？」

「私はフランセットを愛している。君の可憐な容貌も、控えめな性格も、ときどき浮かべる愛らしい笑顔も、すべてをいとおしく思っている。手放したくないと強く願うくらいに」

クロードのジャケットの生地を頬に感じながら、フランセットは目を見開く。彼が耳元で言った。

「私が今までフランセットに言った言葉に、嘘はない。君と気持ちが通じ合った夫婦になりたいと言ったのも、欠片も傷をつけたくないと言ったのも、すべて本心だ。最初こそフランセットは私の暗殺を目論んでいたかもしれないが、私は君から敵意や殺意を感じたことは一度もなかった。現にカスタニエ公爵夫人やフィリップ卿を止めようとしていたし、私を身を挺して庇おうとしていたんだから、もう不問にしていいんじゃないか」

「えっ……？」

「護衛騎士たちが刺客とウラリーの尋問をしているから、彼らの自供によってカスタニエ家に頼まれてやったことだという言質が取れるだろう。そうなればカスタニエ家は言い逃れができず、司法によって断罪される。だがフランセットは襲撃に関わっていないんだから、これに乗じて実家との繋がりを断ち切れるはずだ」

　フランセットは驚き、顔を上げてつぶやく。

「そんな……わたくしが今回の件に無関係だとは言いきれません。確かに襲撃については何も知りませんでしたが、クロードさまを暗殺するための毒を生成して所持していたのは事実なのですから」

「実際には使用していないんだから、それはないも同然だ。君が刺客から命懸けで私を守ろうとしてくれたことで、充分お釣りがくるよ」

　クロードが「それに」と言い、こちらの頰に触れて言葉を続ける。

「何より私が、フランセットに傍にいてほしい。君がどうしても良心の呵責を感じるというのなら、この先ずっと私の妻でいることで償いをしてくれないか」

「償い……？」

「ああ。朝晩は食事を共にし、ときどきどこかに一緒に出掛ける。それは買い物でもいいし、

乗馬でもいいし、他の貴族の所領に遊びに行くのもいいかもしれない。毎日公爵夫人らしくきれいに着飾って私の目を楽しませ、夜は必ず同じベッドで眠るんだ。どうかな」

　それを聞いたフランセットは、信じられない思いで答える。

「それではまったく償いにはなりません。むしろわたくしにとって、ご褒美になってしまいます」

「君も私も幸せなら、それが一番ではないかな。神の前で生涯を共にすると誓ったのだから、私を妻と離縁した惨めな男にしないでほしい」

　彼が一旦言葉を切り、こちらの手を取って真摯な声で告げた。

「フランセット。――君を愛してるんだ」

「……っ」

　フランセットの目から、こらえきれずに涙が零れ落ちる。

　罪の意識は消えず、「自分は彼にふさわしくない」という思いは一生続くのかもしれない。それでも、すべてをのみ込んで一緒にいたいと言ってくれるクロードに応えたいという気持ちが強くあり、小さく彼に問いかける。

「……それでいいのでしょうか。現状でわたくしは妻として充分な働きをしているとは言えず、今後は実家の後ろ盾も失くしてしまいます。クロードさまには、もっと他にふさわしい方がいらっしゃるのでは」

「君以外の妻は考えられないと言っているのに、どうしたらわかってもらえるんだろうな。私の愛し方が足りないということか」

そう言ってクロードが、瞳に甘やかな色を浮かべてこちらを見る。

「――だったら、身体で示そう。私がどれだけフランセットを欲しているか」


「……ぁっ……」

身体を抱え上げてベッドまで運ばれ、横たえながら口づけられる。

押し入ってきた舌に口腔を舐められたフランセットは、くぐもった声を漏らした。何度も角度を変えて口づけられ、理性を奪われかけながらも、目の前のクロードの二の腕をつかんで必死に訴える。

「お、お待ちください。クロードさまはこの後、ウラリーや刺客たちの尋問に立ち会わなければならないのでは」

「アルノワたちに任せているから、心配しなくていい」

「でも……っ」

するといかがこちらを見下ろし、熱を孕んだ眼差しで告げる。

「私の妻に愛を伝えるのも、重要な事案だと思うが。そうしなければ、君は罪の意識で黙って姿を消してしまいそうだ」

クロードの指摘に、フランセットはドキリとする。

確かに刺客の襲撃後に彼からすべてを知っていたと告白されたとき、「自分は罪人なのだから、この城を出ていかなくてはならない」という強い思いにかられていた。クロードが不問に処してくれた今もどこか信じられず、そわそわと落ち着かない気持ちにかられている。

「んっ……」

再びキスで唇を塞がれ、淫らで濃密なそれに理性を溶かされていく。そうしながらも、彼の大きな手がドレスの胸元を引き下ろし、ふくらみをあらわにされたフランセットは顔を赤らめた。

「ぁ、……」

ふくらみをつかみ、色の淡い先端をクロードの舌がじっくりと舐めてくる。すぐに尖ったそこを舌先で嬲られ、ときおり吸い上げられると下腹部が疼いて、思わず息を乱した。

「んっ……ぅっ、……ぁ……っ」

「ベッドでの君は、清楚さと淫らさが同時にあって色っぽい。敏感な反応や甘い声に私がどれだけ煽られているか、わからないだろう」

両方の胸の先端を舐められ、そこが唾液で濡れ光りながら尖っている様がひどく淫らで、フランセットは視線をそらす。

するとクロードがドレスのペチコート部分をたくし上げ、脚に触れながら言った。

「夜会用のドレスは、パニエが邪魔臭いな。姿勢を変えよう」

そう言って突然腕を引いて身体を起こされ、フランセットは彼の膝の上に乗せられる。

向かい合って腰を跨ぐ形になり、戸惑いながらクロードの肩につかまると、彼がスカートの中に手を入れて太ももを撫でてきた。乾いた手の感触にゾクゾクして息を詰めたフランセットは、やがて下着越しに秘所に触れられてピクリと肩を揺らす。

「ん……っ」

「もう熱くなってる。胸を吸われて感じたか？」

確かにそこがじんわりと湿っているのがわかって、羞恥をおぼえたフランセットは太ももを震わせた。脚を閉じたいが、クロードの腰を跨いでいるせいでそれもままならない。

それをいいことに、下着を横にずらした手が花弁に直接触れてきた。割れ目をなぞられるとくちゅりと淫らな水音が立ち、愛液でぬるついた親指で上部にある快楽の芽を捏ね回される。

「ぁっ……はぁっ……あ……っ」

「芯を持って、硬くなってる。こんなに小さいのに、けなげで可愛いな」

「あっ、あっ」

腰を跨いだ両脚がわななき、フランセットは全身がグズグズに溶けてしまいそうなほどの甘い愉悦を味わった。快楽に呼応して蜜口が潤み、愛液がしとどににじみ出ているのがわかる。身体の奥がきゅんと疼き、もっと深いところに触れてほしくてたまらない。

「はぁっ……」

上気した顔で目の前の彼を見つめると、クロードが焦らさずに蜜口から指を埋めてきた。

柔襞を掻き分けながら進む指はゴツゴツとして硬く、その感触に肌が粟立つ。

抽送されると中に溜まっていた愛液が溢れ、彼の手のひらまで滴った。思わず目の前のクロードの首にしがみついた途端、胸を押しつけられる形になった彼が先端を強く吸ってくる。

「あっ！　……んぅっ……ぁ……っ」

中を穿ちながら胸を吸われるのは刺激が強く、指をビクビクと締めつける動きが止まらない。

ぬるつく襞を捏ねながら掻き回され、抽送し、隘路を拡げられる。感じやすいところを抉られたフランセットが高い声を上げて達すると、クロードがようやく指を引き抜いた。

「あ……」

蜜口が絶頂の余韻でヒクヒクと震え、とろみのある愛液が太ももを伝って落ちる。

脱力しそうになるフランセットの身体を受け止め、彼が自身の下衣をくつろげた。そして硬く張《みなぎ》った灼熱の先端を入り口にあてがってくる。

「うぅっ……」

丸い亀頭が埋まり、質量のある肉杭が少しずつ押し入ってくる。

隘路を拡げながら奥に進む剛直は指とは比べ物にならないほどの太さがあり、フランセットは切れ切れに喘いだ。やがて昂ぶりが根元まで埋まって、彼が熱い息を吐く。そして圧迫感に喘ぐフランセットの後頭部を引き寄せ、唇を塞いできた。

「うっ……んっ、……ふ……っ」

口腔に押し入ってきた舌に絡めとられながら、フランセットはうっすらと目を開ける。

するとクロードが熱情を押し殺した眼差しでこちらを見つめていて、目が合った瞬間にささやいた。

「──愛してる、フランセット」

「……っ」

その声音は真摯で、彼が本心からそう言っていることが伝わり、フランセットは目を潤ませる。

自分もずっと、クロードが好きだった。フィリップに感じていた憧れの感情とは違い、恋い焦がれる気持ちが強く心の中にあって、すべてを打ち明けた今はその感情を止められなくなっている。フランセットは彼の首に腕を回し、ささやいた。

「わたくしも……クロードさまをお慕いしています。こんなにも好きで大切だと思う男性は、生涯クロードさまだけです」

「私も君を、生涯離すつもりはない。神の前で愛と貞節を誓った、ただ一人の妻なのだから」

腰をつかんで下から突き上げられると甘ったるい愉悦がこみ上げ、フランセットは喘ぐ。内壁がビクビクと楔を締めつけ、襞が啜るように蠢いていた。それに心地よさそうな息を吐いたクロードが、律動を開始する。

「あっ……はぁっ……あ……っ」

快感に比例して中が熱く潤み、繋がった部分が淫らな水音を立てた。

受け入れた肉杭はみっしりと硬く、隘路に隙間なく埋め込まれていて、圧迫感はあるものの苦痛はない。切っ先が最奥を抉るたびに目が眩むような愉悦があり、締めつける動きが止まらなかった。

（ああ……中がクロードさまで、いっぱい……っ）

こうして繋がっていられることが、うれしくてたまらない。目の前の端整な顔も、しなやかで逞しい身体も、額ににじんだ汗すらいとおしく、フランセットは彼の首にきつくしがみついた。

それを受け止め、より激しい律動で啼かせながら、クロードがいとおしそうにこちらのこめかみに口づけてくる。

「ずっとこうして繋がっていたいが、あまり保ちそうにない。そろそろ達ってもいいか？」

「……っ……はい……っ」

頷いた途端、ずんと深くを突き上げられて、フランセットは高い声を上げる。

体内を行き来する楔のことしか考えられず、思考が覚束《おぼつか》ない。中が断続的に収縮し、屹立を締めつける。目の前の彼が息を乱していて、感じているのが自分だけではないことに悦《よろこ》びをおぼえていた。

「はぁっ……あっ……ん……っ……ぁ……っ！」

切っ先で子宮口を強く抉られ、フランセットはビクッと身体を震わせて達する。

その瞬間、クロードがぐっと息を詰め、最奥で熱を放った。

「あ……っ！」

ドクッと熱い飛沫が中に放たれるのを感じ、フランセットは眩暈がするような愉悦を味わう。

触れ合った身体から感じる熱や心臓の鼓動、向けられる眼差しが、彼が自分を愛してくれていることを雄弁に物語っている気がした。フランセットは両手で彼の頬に触れ、まだ整わぬ息のまま自らキスをする。

クロードがそれに応えてきて、口づけがすぐに熱を帯びた。

「うっ……ん、……は……っ」

唇を離すと互いの間を透明な唾液が糸を引き、快楽の余韻を味わう。

体内に挿入ったままの彼が勢いを取り戻しかけ、フランセットはドキリとして息をのんだ。するとクロードが苦笑して言う。

「すまない。フランセットのほうから口づけてくれると思わなかったから、思わず反応してしまった」

「……っ」

「抜くよ」

腰を抱えてズルリと引き抜かれ、フランセットは内壁を擦られる感触に小さく声を上げる。

彼が後始末をしている様を目の当たりにすると気恥ずかしさが募り、思わず目を伏せた。そのとき部屋の扉がノックされ、「クロードさま、少しよろしいですか」というシャリエの声が聞こえて、心臓が跳ねる。

だがドキリとするフランセットとは裏腹に、クロードは落ち着き払った声で応えた。

「今行く」

衣服の乱れを直した彼はこちらを見下ろし、わずかに身を屈めると、ベッドの上のフランセットに触れるだけのキスをして言った。

「シャリエの用件は、おそらくウラリーと刺客たちの件についてだ。私はこれから話を聞きに行ってくる」

「……はい」

「先ほども言ったが、フランセットはカスタニエ家が企んだ襲撃事件とは無関係だ。誰が何と言おうと、君のことは私が必ず守り抜くから信じてくれ」

クロードの声音には強い決意がにじんでおり、フランセットの心がじんと震える。

おそらく彼は、その言葉どおりどんなことをしても自分を守ってくれるつもりでいるのだろう。揺るぎない信頼を感じながら、フランセットはいとしい夫の端整な顔を見つめて答えた。

「――わかりました」

【エピローグ】

護衛騎士たちによる厳しい尋問の結果、夜会の最中にクロードを襲った五人の刺客は、カスタニエ家から多額の報酬を餌に〝バラデュール公爵を殺害せよ〟という依頼を受けたことを認めた。

彼らと直接話をしたのはカスタニエ家の嫡男フィリップであり、デュラン城に侵入するに当たって「侍女が手引きをする」と説明したらしい。そのウラリーは、フランセットの侍女から外されて他部署に転属になったことに恨みを募らせていたのだそうだ。

彼女は宝飾品を管理する部署に配属されたものの、ろくに仕事をしないばかりか同僚に向かって棘のある態度を取り、ラシュレーから注意されていたらしい。己の待遇に不満を抱いたウラリーはミレーヌに手紙を書き、自分が侍女の務めから外されたこと、フランセットがクロードと枕を交わして情が移り、彼を暗殺する気がないことを綴って今後の指示を仰いでいた。

ミレーヌからそうした話を聞いたフィリップは、クロードが社交で不在にしている隙を狙ってリヴィエを訪れ、ウラリーの言葉が真実だと悟って別の暗殺計画を練ったという。

ウラリーと刺客たちがバラデュール公爵を襲撃したこと、それを指示したのがカスタニエ公爵夫人と嫡男フィリップである件は、教区吏員に改めて尋問された後、参事会の評議を受けることとなった。

彼らの犯行の動機は次期クラヴェル辺境伯の地位を狙ってのものだとされ、フィリップがルグラン男爵を始めとした貴族たちに接触を図り、「議会の場でカスタニエ家を次期辺境伯として推挙してほしい」と持ちかけていたこともそれを裏付ける証拠となった。

カスタニエ公爵であるロランにとってその話は寝耳に水で、参事会に呼び出されて取り調べを受けた彼は青ざめていたらしい。「私は何も知らない」「クラヴェル辺境伯の地位にも興味はない」と弁解し、呆然としていたという。

一方のミレーヌとフィリップも、当初はクロード襲撃事件に関して知らぬ存ぜぬという姿勢を取っていたものの、刺客たちの自供や彼らを手引きしたのがカスタニエ家に長く勤めていたウラリーだったことが証拠となり、言い逃れができなくなった。

かくして一ヵ月に亘る評議の結果、事件の実行犯である刺客たちと彼らを城に引き入れたウラリー、そして主導的な役割を果たしたミレーヌとフィリップは重罪に処され、ロランもまた家長としての責任を問われて領地の没収と爵位の返上を命じられることとなった。

また、その過程で参事会員から「カスタニエ家から輿入れした令嬢フランセットも、今回の事件に大きく関わっていると夫人と嫡男が発言している」と言われ、フランセットを出頭させるように要請されたクロードだったが、「妻はまったくの無関係で、むしろ危険な状況の中、私を身を挺して庇ってくれた」「なさぬ仲の娘を巻き添えにしようと画策する、彼らの讒言《ざんげん》だ」と申告し、はっきりと退けてくれたという。

帝都レナルで裁判を傍聴した彼がリヴィエに戻り、一連の結果を報告されたフランセットは、沈痛な面持ちでつぶやいた。

「そうですか。カスタニエ家は、爵位を失うこととなったのですね」

「カスタニエ卿は妻と息子の行動に本当に気づいていなかったようで、すっかり憔悴《しょうすい》していたよ。夫人はひどく取り乱し、法廷の場で『冤罪《えんざい》だ』『私たちを罪に問うなら、フランセットも同罪でしょう』とヒステリックに喚《わめ》いていた」

フィリップは今回の事件はウラリーの独断だとし、最後まで己の罪を認めようとしなかったものの、判決の後に罪人として両手を拘束されると呆然としていたという。

それを聞いたフランセットは、彼らの現在の心境を考えた。おそらく父は妻と息子のせいで爵位と所領を失うことになり、呆然自失の状態なのだろう。息子を未来の辺境伯にするという野望で暴走したミレーヌは、計画が失敗した原因はフランセットのせいだと恨みを募らせているに違いない。

そして兄のフィリップも、「使えない妹のせいで、自分たちの計画が瓦解した」と忌々しく思っているかもしれない。

(ずっとお兄さまを穏やかで優しい人だと思っていたけど、あの家から離れた今ならわかる。あの人は表面を取り繕うのが上手いだけの、利己的で冷たい人間だったんだわ)

ミレーヌのきつい言動から庇ってくれたことも、こちらが恋慕の情を募らせているのを知った上で抱きしめてきたことも、きっとフランセットを意のままに操るための計算だったのだろう。

その証拠にフランセットがクロードの暗殺に消極的だと知った途端、フィリップはわざわざ会いに来て愛猫のノエラの命を盾に圧を掛けてきた。それでも動かないと見るや新たな刺客を雇ってクロードを襲わせたのだから、いかに彼が次期辺境伯の地位に固執していたかがよくわかる。

ノエラのことを思うと、フランセットの胸は痛んだ。結局クロードの命と秤《はかり》にかけて彼のほうを選んだ形となったが、自分の選択のせいでミレーヌやフィリップから腹立ち紛れに殺されてしまった可能性がある。

そんなふうに考え、ノエラに対する申し訳なさと悲しみで塞ぎ込む日が続いていたが、クロードが「そうだ」と言って戸口のほうを見た。

「君に見せたいものがあるんだ。裁判の後、カスタニエ卿と少し話をする機会があったんだが、彼が『このたびは愚妻と愚息が申し訳なかった』と詫びてきたから、私はあるお願いをした。そうしたらカスタニエ卿が屋敷のほうに確認してくれ、連れて帰ってもいいという許可をくれたんだ」

一体何の話をしているのかわからず、フランセットが不思議に思っていると、扉をノックしてラングランが部屋に入ってくる。

彼は中くらいの大きさの籠《かご》を抱えていて、蓋を開けると中には白い長毛種の猫が入っていた。それを見たフランセットは、目を瞠ってつぶやく。

「ノエラ……どうして」

「君は愛猫のことを、ずっと気にかけていただろう？　もしかしたらまだカスタニエ家の屋敷にいるかもしれないと思って、問い合わせてみたんだ。そうしたら召し使いが世話をしていたから、君の父上の許可を得て連れてきた」

フランセットは籠の中からこちらを見上げるノエラに向かって、腕を伸ばす。するとと青い瞳の猫が目を細め、高く鳴きながら頬を擦り寄せてくれた。フランセットはノエラを抱き上げ、その柔らかな毛並みを感じながら信じられない気持ちで涙を零す。

「よかった……兄に『最近身体が弱ってきている』と言われたので、もしかしたらもう死んでしまっているかもしれないと考えていたのです。もしくはわたくしが意のままにならないことに腹を立て、八つ当たりのように殺されてしまったのではないかと」

「私もそう思っていたのだが、カスタニエ卿と話をする機会があってよかった」

クロードが自分のためにわざわざ骨を折ってくれたのだとわかり、フランセットは微笑む。

「クロードさま、ありがとうございます。もう二度とこの子には会えないと思っておりましたので、うれしいです」

「私も君の喜ぶ顔が見られてうれしい。最高の手土産になったな」

彼も笑い、改めて口を開く。

「カスタニエ公爵夫人とフィリップ卿だが、彼らは数年間苦役に就いたのち、国外追放されることが決まった。君が彼らと会うことは、もうないだろう」

「……はい」

「それから、コルベール卿の後任として私がクラヴェル辺境伯となることが正式決定した。秋に叙爵され、クラヴェル地方に住まいを移すことになる」

それを聞いたフランセットは目を見開き、クロードに向かって告げた。

「おめでとうございます。公爵位に加えて辺境伯を兼任するということは、国内貴族の中でも別格の扱いになるということですね」

「ああ。皇帝陛下が私を信頼して国防に関わる要職を任せてくださったのだから、それに応えたい」

彼がこちらを見下ろし、言葉を続けた。

「今後はリヴィエの所領はそのままに、クラヴェルに居を移すことになる。あちらは広大な敷地と強い軍を備え、帝都かと見まごうほどに発展しているそうだ。私が統率するには時間がかかるだろうし、そのためには妻である君の協力が不可欠になるだろう。苦労をかけるが、私と共にクラヴェルに行ってくれるか？」

フランセットは目の前のクロードの顔を見つめる。

彼は現皇帝の甥という恵まれた血統を持ち、それに驕《おご》ることなく日々実直に鍛錬を積み重ねる真面目な人物だ。高潔な人柄は騎士にふさわしく、高い人望もある。

（それに……）

穏やかで誠実なクロードは、夫としても素晴らしい人物だった。深い洞察力を持ち、広い視野とおおらかさがある反面、ときに情熱的な一面も見せる。

そんな彼を、フランセットはいつしか深く愛していた。クロードが行くところなら、どこへでもついていきたい。たとえそれが未開の荒野でも、彼と一緒ならば何の不安もないはずだ。そう考えたフランセットは、いとしい夫を見上げて微笑んだ。

「クロードさまが行くところなら、わたくしはどこへでもお供いたします。あなたの妻ですから」

「そうか。よかった」

護衛騎士たちが「今夜は兵士たちも参加する、大規模な祝賀の宴を開催しましょう」と提案し、ラシュレーと打ち合わせを始める。

忙しく動き始めた使用人たちをよそに、クロードがこちらの腕の中のノエラを撫でてきて、フランセットは面映ゆさを感じた。

（わたしは今、幸せだわ。……この方と結婚できて、本当によかった）

彼の傍では、かつて実家で暮らしていたときには味わえなかった深い安堵をおぼえる。

フランセットの腕から飛び出したノエラが、室内の探検を始めた。その様子を前にクロードと笑い合いながら、フランセットはクラヴェルでの暮らしにじっと思いを馳せた。

あとがき

こんにちは、もしくは初めまして。西條《さいじょう》六花《りっか》です。

ヴァニラ文庫さんで三冊目となるこの作品は、夫となる男性を暗殺するように命じられた深窓の令嬢と、若き公爵のラブストーリーとなりました。

ヒロインのフランセットは公爵家の娘でありながら、義母に虐げられたせいで内気に育った令嬢です。幼い頃から政敵を暗殺するべく毒について学んできており、次期辺境伯の地位を巡って邪魔になる相手の元に輿入れすることになります。

一方のクロードは皇帝の甥であり、公爵の位を持つ高貴な血統の持ち主で、騎士として名高い人物でもあります。

政略結婚を結んだ二人が、さまざまな思惑を超えてどうやって気持ちを通わせていくのか、その過程を楽しんでいただけましたら幸いです。

今年はあちこちでヒストリカルのお話を書く機会が多いのですが、参考としてヨーロッパの宮殿や古城の内装を見ていると、その絢爛《じゅんらん》さにうっとりしますね。しかしドレスを着る工程を見ると本当に大変で、いかに美しく装うかという努力に頭が下がる思いです。

今回のイラストは、岩崎陽子《いわさきようこ》さまにお願いいたしました。

以前別のレーベルで表紙イラストをお願いし、そのときは大正時代のお話だったのですが、本当に美麗な絵を描く方ですので、今回もご一緒できてうれしいです。

ヴァニラ文庫さんは今どき珍しくカラー口絵があり、モノクロ挿絵もあるレーベルなので、読んでくださる方々もぜひ楽しんでいただけたらうれしいです。

この作品が刊行されるのは、秋ですね。ついこのあいだ年が明けたように感じるのに、年々早くなっていく時間の経過に慄《おのの》くばかりです。


またどこかでお会いできることを願って。

薄幸の暗殺令嬢は完璧公爵に
夜ごと淫らに溺愛される

Vanilla文庫

2024年9月20日　第1刷発行　定価はカバーに表示してあります

著　者　西條六花　©RIKKA SAIJO 2024
装　画　岩崎陽子
発行人　鈴木幸辰
発行所　株式会社ハーパーコリンズ・ジャパン
東京都千代田区大手町1-5-1
電話　04-2951-2000（営業）
0570-008091（読者サービス係）

印刷・製本　中央精版印刷株式会社

Printed in Japan ©K.K. HarperCollins Japan 2024 ISBN978-4-596-71351-3